COLLECTION D'AVENTURES

L'AUBERGE DU NANDOU

COLLECTION D'AVENTURES, 3, Rue de Rocroy, Paris (10e).

427

* COLLECTION D'AVENTURE *

ABONNEMENTS

UN AN : PARIS, DÉPARTEMENTS 22 FR. ; ÉTRANGER 29 FR. Compte chèque postal 259-10.

L'AUBERGE DU NANDOU

PAR

JOSÉ MOSELLI

PARIS
ÉDITION DE LA COLLECTION D'AVENTURES
3, RUE DE ROCROY, 3

Collection d'Aventures

Le volume : 45 centimes.

TITRES DES VOLUMES PARUS

(Les volumes dont les numéros ne figurent pas dans cette liste sont épuisés.)

212. **La Grotte enchantée** .... M. Geoffroy.
213. **Le Proscrit de la montagne** ..... M. Geoffroy.
214. **La Brousse aux Loups** .... R. Véran.
215. **Le Désert de Neige** .... R. Véran.
216. **L'Antre du Sorcier** .... R. Véran.
217. **Le Secret du Chiffonnier** ...... Jo. Valle.
218. **Le Compagnon de Chaîne** .... Jo. Valle.
219. **Cramponnée à l'Epave** .... Jo. Valle.
220. **L'Héritier du Rajah** .... Jo. Valle.
221. **Le Petit Sergent** .... Sreidi.
222. **La Villa du Mystère** .... Sreidi.
223. **La Malle Errante** .... J. Rinet.
224. **L'Enigme de l'Auto** .... J. Rinet.
225. **Le Cabaret du Bossu** .... J. Rinet.
226. **Le Train de la Mort** .... J. Moselli.
227. **Les Dynamiteurs de la Steppe** .... J. Moselli.
228. **Les Forçats de la Mer d'Okhotsk** . J. Moselli.
229. **Dans le Repaire des Comitadjis** .. J. Moselli.
230. **Le Cercueil de Fer** .... J. Moselli.
231. **La Main Fatale** .... A. Romagny.
232. **Les Trappeurs du Mississipi** ..... A. Romagny.
233. **Les Pillards Mexicains** .... M. Idiers.
234. **La Machine Infernale** .... M. Idiers.
235. **La Jonque Sacrée** .... M. Idiers.
236. **L'Ogre de la Tour Grise** .... J. Aleyrac.
237. **Les Démons blancs** .... P. Gallien.
238. **La Morne de la Pampa** .... P. Gallien.
239. **La Caverne maudite** .... E.-G. Brézol.
240. **Le Prince rouge** .... E.-G. Brézol.
241. **Le Trou de l'Enfer** .... X.
242. **Le Vaisseau Trésor** .... O. Malat.
243. **Ralph, le Serpent** .... O. Malat.
244. **Les Despérados** .... M. Sevestre.
245. **Robert Cernac, l'Intrépide** ...... A. Monjardin.
246. **Le Capitaine Lucifer** .... G. Choquet.
247. **Harry, le Taureau rouge** .... G. Choquet.
248. **L'Homme au masque noir** .... G. Choquet.
249. **Le Cavalier fantastique** .... G. Choquet.
250. **Les Chercheurs d'Ivoire** .... D. Hervey.
251. **La Montagne Hantée** .... D. Hervey.
252. **La Pierre de Luxe** .... D. Hervey.
253. **Le Château des Loups rouges** .... J. Aleyrac.
254. **La Miséricorde d'Amaury** .... A. Romagny.
255. **Les Brigands des Karpathes** ..... A. Romagny.
256. **Spianagoba, Redresse-bosses** .... A. Romagny.
257. **Robert l'Enfant perdu** .... Albert Pajol.
258. **La Maison des Fous** .... Albert Pajol.
259. **L'Explorateur Fantôme** .... G. Choquet.
260. **Le Cratère du Diable** .... G. Choquet.
261. **Le Triomphe de l'Aile** .... G. Choquet.
262. **Les Chevaliers de la Forêt** ...... J. Aleyrac.
263. **Le Spectre vivant** .... J. Aleyrac.
264. **Les Négriers des Rivières du Sud** . Pierre Agay.
265. **Prisonniers du Roi d'Ebène** ..... Pierre Agay.
266. **Le Marécage de l'Epouvante** .... Pierre Agay.
267. **Les Invisibles** .... A. Monjardin.
268. **Le Pont de la Fausse-Monnaie** ... A. Monjardin.
269. **Le Miroir qui tue** .... A. Monjardin.
270. **Le Mystère de la Tour Eiffel** .... G. Guitton.
271. **Sous la griffe du Tigre** .... G. Guitton.
272. **Le Récit des Cannibales** .... José Moselli.
273. **Le Forçat milliardaire** .... José Moselli.
274. **Les Compagnons de la Mort** ..... J. Mahan.
275. **Le Pont des Cadavres** .... J. Mahan.
276. **La Caverne aux millions** .... J. Mahan.
277. **Le Signe du Malheur** .... G. Choquet.
278. **Le Contrepoison Malais** .... G. Choquet.
279. **Le Maître du Monde** .... G. Choquet.
280. **Le Vaisseau Aérien** .... G. Choquet.
281. **Justus Wiss détectiv** .... A. Romagny.
282. **La Chasse à l'homme** .... A. Romagny.
283. **Le Courrier de Lyon** .... J. Aleyrac.
284. **La Maison du Poivre de Cayenne.** J. Aleyrac.
285. **L'Héritage de la Mendiante** ...... M. Mario.
286. **Le Cabaret du Rat Blanc** .... M. Mario.
287. **Le Mystère des Ruines** .... D. Ramières.
288. **Le Prisonnier du Souterrain** ..... D. Ramières.
289. **Les Petits Chanteurs des Rues** ... J. Fabien.
290. **Le Mystérieux Mage** .... J. Fabien.
291. **Au Milieu des Lions** .... J. Fabien.
292. **Un Duel à l'Américaine** .... J. Fabien.
293. **La Sorcière Jaune** .... J. Fabien.
294. **Kaleh, le Fakir** .... J. Fabien.
295. **Les Hommes-Serpents** .... J. Fabien.
296. **Perdus dans la Neige** .... J. Fabien.
297. **Les Eclaireurs Rouges** .... A. Romagny.
298. **L'Automobile blindée** .... A. Romagny.
399. **Les Champs d'Or de l'Urubu** ...... J. Moselli.
300. **Les Cachots de la Faim** .... J. Moselli.
301. **L'Antre des Crabes Géants** ...... J. Moselli.
302. **Le Poison des Vaudoux** .... J. Moselli.
303. **Les Esclaves de la Cité de l'Or** ... J. Moselli.
304. **Le Trésorier du Bagne** .... J. Moselli.
305. **Les Prisonniers de l'Océan** .... J. Moselli.

Tous ces volumes sont expédiés *franco* à domicile sur demande accompagnée d'un mandat et adressée à l'Administration 8, rue de Rocroy, Paris (Xe). Ajoutez au prix de chaque volume **15** centimes pour le port.

(Voir la suite sur la couverture page extérieure.)

L'Auberge du Nandou

En 1817, le brick La Belle-Eugénie *a été sabordé par trois bandits : Smithson, Blacke et Ballardy, alors que le bateau voguait vers le Chili où se rendaient l'ex-sergent de la Grande-Armée Doguereau, et son fidèle compagnon le mameluk Selim. Les bandits, ainsi que les deux amis, ont débarqué près de Sydney, en Australie, mais le Français a subi mille avatars, dont il jure de se venger. Il se rend à Darlington où se tient le repaire de Smithson qui est le chef d'une bande redoutée les Ten Pounds, et trouve asile chez un mineur, Silas Howe. La maison de celui-ci flambe bientôt, et Doguereau, Sélim, et Silas Howe sont obligés de se réfugier en forêt. Les deux derniers sont capturés par les bandits qui les amènent à l'Auberge du Nandou, où Smithson a donné rendez-vous à ses hommes, et où la vieille Margett fait office d'aubergiste.*

Smithson ordonne de pendre le mineur ; mais un coup de feu retentit, la corde est coupée par la balle, Doguereau, à coups de carabine, fait fuir les bandits qui connaissent la justesse de son tir ; puis il casse la lame du couteau dont la vieille Margett va frapper Sélim. Délivrés, Sélim et Silas Howe s'enfuient avec Doguereau, mais les bandits les poursuivent de nouveau. Le pauvre Silas est atteint de fièvre cérébrale et le sergent décide de le porter. Ils se réfugient dans une grotte dans laquelle ils découvrent un boyau souterrain, jonché d'ossements d'animaux, mais qu'une flaque d'eau barre dans toute sa largeur.

CHAPITRE PREMIER

L'ATTAQUE DE LA DILIGENCE

L'ancien sergent, d'un bond, la franchit et poursuivit son exploration. S'étant retourné, il put constater que Selim le suivait. Tranquillisé, il avança et parcourut ainsi un kilomètre environ.

C'est que, peu à peu, la curiosité s'emparait de lui : il voulait savoir où aboutissait le mystérieux souterrain. Il fut bientôt satisfait. Quelques minutes plus tard, il déboucha brusquement dans une immense grotte, assez haute et vaste pour y loger une cathédrale.

Des stalactites cristallines pendaient de la voûte et quelques-unes, rejoignant les stalagmites, formaient de merveilleuses colonnes qui reflétaient la petite étoile rouge du briquet de Doguereau. Saisi d'admiration, celui-ci s'arrêta.

— Voilà de quoi se loger, murmura-t-il. Mais je crois que nous ferions mieux de retourner sur nos pas, avant que mon amadou soit au bout ! Demain, nous fabriquerons des torches et reviendrons visiter l'endroit... Qui sait, peut-être y ferons-nous des découvertes intéressantes ? Pour l'instant, il faut nous reposer et soigner ce pauvre Silas ! Tu viens, Selim ?

Mais l'Egyptien ne répondit pas. Ce n'était guère son habitude. Doguereau, étonné, se retourna, croyant que Selim était trop loin pour l'avoir entendu.

Mais non, l'ex-mameluk était debout à moins de trois mètres de lui et ne bougeait pas.

— Alors, Selim ! grommela-t-il, c'est-il que tu es devenu sourd ?

— Au contraire, sergent : *j'écoute !* Ne faites pas de bruit : on parle pas loin d'ici !

Doguereau, effaré, tressaillit et tendit l'oreille. Quelques secondes d'attention le convainquirent que l'Egyptien ne s'était pas trompé. Il distingua un bruit de voix confuses.

Doucement, s'éclairant à l'aide de son briquet, il marcha vers la paroi contre laquelle il colla son oreille. Il eut un tel sursaut qu'il faillit trébucher : de là, il entendait très distinctement.

On parlait en anglais. Et il reconnaissait l'organe du causeur. Impossible de s'y méprendre : c'était Smithson, le chef de la bande des *Ten Pounds !*

Ainsi le hasard venait de replacer le convict sur le chemin de ses victimes ! Sans perdre son temps à réfléchir à cette étrange coïncidence, Doguereau apporta toute son attention à écouter.

— Somme toute, l'affaire est magnifique et sûre ! disait Smithson. Rien ne peut nous la faire manquer ! Margett a pris toutes ses informations... La diligence transportera dans son coffre toute la récolte des *placers* de Darlington des trois derniers mois.

« D'après les informations de Margett, cela monte à plus de huit cents livres de poudre d'or. La fortune pour chacun de nous, camarades. Ceux qui ont des goûts champêtres pourront ensuite se retirer à la campagne et finir dans la peau d'honnêtes bourgeois : ça les changera !

Des éclats de rire soulignèrent cette plaisanterie.

— Donc, rendez-vous demain dans la nuit sur la route de Ballarat, auprès de la roche de l'*Homme-Mort !* Et veillez à vos langues, les amis ! Margett m'a dit que, lorsque certains d'entre vous ont bu un peu de whisky, ils bavardent comme des cacatoès !

— C'est une vieille folle ! clamèrent plusieurs voix.

— Une maudite sorcière de Satan !

— Une commère aux dents crochues !

— Assez, camarades ! Margett est une brave femme qui nous est dévouée et en a donné maintes preuves ! C'est elle qui a préparé le coup de la diligence qui va nous enrichir ! Respect à elle ! Donc, de la discrétion, et attendez pour boire que l'affaire soit bâclée ! Chacun à sa place et les navets pousseront, comme on dit en Irlande. Nous...

— Et les... commença la voix éraillée de Ballardy.

Doguereau n'en entendit pas plus long, car Silas Howe, sortant soudain de sa torpeur, poussa un cri strident.

— A moi ! Les *Ten Pounds !* Le feu ! Le feu !

Sa fièvre le reprenait. Il délirait. Mais ses cris avaient été entendus par les convicts, car, avant que Doguereau furieux et désespéré eût pu le faire taire, il entendit les bandits glapir :

— Ecoutez ! Il y a quelqu'un ! Trahison ! Trahison !

— Du calme, camarades ! gronda Smithson, dont la voix puissante domina les braiements de ses complices. Nous allons voir ça de suite ! Ça vient de la grotte des chacals... C'est quelque pauvre diable de mineur qui se

Vivement, Doguereau visa et, presque en même temps, lâcha ses deux balles. Une clameur de rage et d'effroi fit retentir les voûtes du souterrain.

sera établi là, et qui rêve, sans doute ! Au surplus, il m'importe ! Il en sait trop et nous...

L'ancien sergent n'entendit plus rien. Il se retourna vers Selim qui — trop tard, malheureusement ! — avait placé sa main sur la bouche du malheureux Silas Howe.

— Il faut sortir d'ici au plus vite ! fit Doguereau à mi-voix. Sinon, nous allons être pris comme des rats ! C'est Smithson et ses hommes qui sont de l'autre côté, et ils ont entendu les cris de Silas ! Arrive.

En silence, les deux amis se précipitèrent vers le souterrain qui les avait amenés dans la crypte. Mais, par une de ces fatales coïncidences, une goutte d'eau tombant de la voûte éteignit soudain la mèche d'amadou que Doguereau tenait à la main.

L'ancien sergent de la Grande-Armée étouffa un juron de fureur et s'arrêta net. Impossible de faire un pas dans les ténèbres.

Péniblement, il entreprit, à tâtons, de rallumer sa mèche. Il dut, d'abord, en couper l'extrémité mouillée, puis s'acharna à tirer des étincelles de son silex.

Ce fut long : l'humidité qui régnait dans le souterrain empêchait l'amadou de s'enflammer. Après plusieurs minutes d'efforts, Doguereau finit par y parvenir.

— En route ! grommela-t-il en se tournant vers Selim qui, portant toujours Silas Howe sur son dos, s'était arrêté à quelques pas de lui.

Les deux amis, à pas rapides, franchirent les quelques mètres qui les séparaient de l'orifice du souterrain et s'engagèrent dans ce dernier.

Mais ils n'avaient pas parcouru deux cents mètres qu'ils s'immobilisèrent en entendant un fracas de voix furieuses et de piétinements précipités résonner non loin d'eux : les convicts, ils le comprirent, arrivaient à leur rencontre.

— Demi-tour, Selim, souffla l'ancien sous-officier. Laisse-moi faire : je m'en vais les occuper, moi ! Il me reste plusieurs livres de poudre et de balles : il faut que je les leur fasse manger !

— Mais, moi, sergent, je peux vous aider, protesta l'ex-mameluk. J'ai un fusil, moi aussi, et...

— Tu me gênerais, et tu te ferais trouer la peau ! Au fait, reste à mon côté : tu me passeras la carabine dès que la mienne sera vide, et tu la rechargeras à mesure !

Certes, Selim eût préféré de beaucoup faire le coup de feu lui-même, mais il savait que l'ancien sergent était un tireur infaillible : mieux valait donc qu'il employât lui-même les munitions dont ils disposaient.

Sans plus protester, donc, Selim déposa sur le sol Silas Howe, qui, maintenant, se bornait à pousser des gémissements de petit enfant, et se tint prêt à passer sa carabine à son compagnon.

Doguereau, rapidement, examina l'endroit où il s'était arrêté : le couloir rocheux décrivait un coude non loin de là.

L'ancien sergent, ayant fait signe à l'Egyptien de le suivre, alla se poster derrière une avancée de roc, s'y agenouilla, sa carabine au poing, éteignit son briquet dont la lueur eût pu le trahir, et attendit.

Les convicts n'étaient plus bien loin. Le bruit de leurs voix augmentait d'intensité de seconde en seconde. Quelques instants s'écoulèrent. Une lueur rougeâtre, faible d'abord, mais qui crût avec rapidité illumina le souterrain.

Doguereau, avançant légèrement la tête, distingua la horde des convicts dont les premiers portaient de grosses torches. Smithson, Blacke et Ballardy étaient invisibles : conformément à leurs habitudes... prudentes, ils ne marchaient jamais les premiers.

Vivement, Doguereau visa et, presque en même temps, lâcha ses deux balles. Une clameur de rage et d'effroi fit retentir les voûtes du souterrain, cependant que deux des porteurs de torches s'écroulaient en râlant.

Les convicts ne se méprirent pas sur l'origine de ces deux balles si terriblement précises. Des clameurs jaillirent :

— C'est lui !

— C'est Doguereau !

— L'homme à la carabine !

L'effet de ce nom fut presque magique. Sous l'empire d'une terreur panique, les bandits, en désordre, reculèrent, abandonnant leurs deux camarades abattus par l'ancien sergent de la Grande-Armée.

Les misérables, qui n'étaient point tout à fait morts, firent entendre des hurlements de damnés : les torches résineuses dont ils étaient porteurs étaient tombées sur eux et les brûlaient vivants et ils n'avaient pas la force de les écarter !

Mais deux nouvelles détonations dominèrent leurs râles : deux autres convicts s'aplatirent sur le sol rocheux. Leurs acolytes ne les regardèrent même pas ; ils n'avaient qu'une idée : fuir, s'éloigner...

La voix ironique et mordante de Doguereau, dominant les hurlements des blessés, arriva jusqu'aux fuyards :

— Approchez, approchez, tas de lâches pourceaux, je vais vous régler votre compte !

Mais les convicts étaient loin : un coude du boyau les déroba aux balles meurtrières de l'ancien sous-officier. Bien qu'il n'en montrât rien, Smithson était démoralisé.

Il ne tenta même pas de rallier ses bandits pour les relancer sur Doguereau ; il savait qu'il y eût perdu son temps. Les dents serrées par la rage, il arriva en même temps que ses bandits à l'orifice du souterrain, et, ayant placé deux hommes en sentinelle, réunit les convicts autour de lui.

— Le Doguereau est bon tireur, grinça-t-il ; une fois de plus, il nous le montre ! Comment a-t-il pu arriver ici ? Mystère, et peut-être trahison...

— C'est Margett qui nous a vendus ! glapirent plusieurs voix haineuses.

— Impossible, camarades ! Elle se perdrait elle-même, vous le savez bien ! grommela Smithson, impatienté. D'ailleurs, peu importe comment Doguereau et ses amis se sont introduits dans « notre » grotte. Le fait est qu'ils y sont, et qu'ils ont certainement entendu nos paroles ! Que ce soit une raison de plus pour en finir une bonne fois avec eux !

— Marche devant, Smithson, nous te suivons ! déclara Ballardy avec le plus grand sérieux.

Quelques ricanements soulignèrent cette allusion à la « prudence » du chef des *Ten Pounds*. Smithson ne se démonta pas. Il haussa les épaules et, fixant sur ses acolytes un regard aigu et féroce, il gronda :

— De quoi ? Tu voudrais que je marche en tête, Ballardy ? Et toi aussi, Bill ? Pour recevoir une balle dans le crâne, hein ?

— Ça peut arriver à tout le monde ! fit un convict nommé Gooch.

— Et après ? demanda Smithson, tranquillement. Que deviendrez-vous, pauvres gens ? Est-ce cet ivrogne de Ballardy qui vous conduira ? Ou bien cet idiot de Gooch qui vous trouvera des affaires profitables ? A moins que ce soit cette brute de Bill, qui ne pense qu'à dormir ? Si je disparaissais, il ne se passerait pas une semaine avant que vous soyiez tous repris et pendus ! Voilà la vérité ! Si donc, je me ménage, c'est autant dans votre intérêt que dans le mien !

— Il a raison ! firent plusieurs voix.

— Je le sais, que j'ai raison ! reprit Smithson, tranquillement. Aussi, je prie les imbéciles et les stupides de ne plus m'interrompre, d'autant plus qu'il ne s'agit plus d'aller s'exposer aux balles de cet infernal Doguereau ! Ecoutez-moi bien, garçons ! La caverne où s'est introduit ce misérable Doguereau n'a qu'une issue, c'est même pour cela que nous ne nous y réunissons plus...

« Pour en finir avec notre ennemi, c'est donc bien facile : il n'y a qu'à l'enterrer vivant ! Qu'à murer le souterrain ! Il crèvera comme un rat, de faim et de soif ! Vous comprenez ?

Une immense acclamation salua les paroles de Smithson. Les bandits comprenaient. Ils comprenaient même très bien.

— Pourvu qu'il ne nous canarde pas pendant que nous boucherons sa tanière ! grommela Ballardy, maussade.

— Ne t'en inquiète pas, l'Irlandais ! goguenarda le chef des *Ten Pounds ;* on ne te demandera pas d'exposer ta précieuse personne ; les cabaretiers y perdraient trop !

Des rires saluèrent cette allusion à la passion de Ballardy pour le gin et le whisky. Tout aussitôt, les convicts se mirent à l'œuvre. Les blocs de roc ne manquaient pas aux alentours.

Les bandits, sans perdre un instant, commencèrent à en rassembler le plus qu'ils purent.

— Et pas de bruit, surtout ! recommanda Smithson, qui pensait à tout ; il ne faut pas que Doguereau se doute de quelque chose ; il serait capable de tenter une sortie ! Mieux vaut lui faire une surprise : on lui doit bien ça, à cet homme !

Cet ordre fut entendu. En silence, les convicts qui, malgré tout, n'étaient pas très rassurés, commencèrent à combler sur une profondeur de plus de trente mètres le souterrain qui faisait communiquer avec l'extérieur, la crypte où se trouvaient Doguereau et ses amis.

Doguereau ne se doutait de rien. Ayant constaté la fuite des convicts, il n'avait pas jugé prudent de les poursuivre et s'était borné à s'emparer des armes des deux bandits qu'il avait abattus et aussi des torches dont il en avait éteint une.

Ceci fait, il s'était tourné vers Selim qui attendait, immobile, derrière lui et avait fait signe de le suivre. Les deux hommes avaient regagné la grotte.

— J'ai quelque idée qu'ils ne reviendront pas à la charge de sitôt, déclara-t-il, dès qu'il fut de nouveau dans la vaste crypte. Mais, s'ils ne nous attaquent pas, c'est nous qui les attaquerons. Car il nous faudra bien sortir d'ici. Occupons-nous pour l'instant de ce pauvre Silas. Dès que cela se pourra, tu le prendras sur ton dos, Selim, et me suivras. Nous devons passer, et nous passerons !

Quoi qu'il dût en être, le vieux mineur était mal en point. Étendu sur le sable de la caverne, il semblait mort, n'eussent été les faibles gémissements qui sortaient de ses lèvres tremblantes.

Ayant en mains la torche prise sur le corps du convict, Doguereau examina le vieillard et hocha la tête d'un air significatif, car déjà la face ridée de Silas Howe avait cette expression que l'ancien sergent de la Grande-Armée avait vue à ses camarades blessés à mort sur les champs de bataille.

— Alors, l'ancien, demanda-t-il en adoucissant sa voix, ça va mieux ? On reconnaît les amis, maintenant ?

Silas Howe ouvrit les yeux. Ses mâchoires cessèrent de trembler.

— Oui... ça va mieux, monsieur Doguereau, dit-il d'une voix faible, en essayant vainement de se soulever. Ça va mieux, parce que je vais partir pour le grand voyage !

— Des blagues, ça ! Vous avez eu un peu de fièvre ; mais maintenant elle est passée ! Faut pas vous laisser aller, voyons !

— Je suis vieux, monsieur Doguereau : c'est mon tour ! Nous devons tous y passer, c'est la loi de nature !

Inutilement, l'ancien sous-officier tenta de réconforter Silas Howe. Le vieux mineur, persuadé qu'il allait mourir, ne lui répondit que par monosyllabes.

Doguereau, sincèrement affligé, n'insista pas, pour ne pas fatiguer le malade, et alla fixer la torche dans un trou creusé par l'eau dans une stalagmite voisine.

Aussitôt après, il revint s'installer au côté du vieillard et lui demanda s'il pourrait supporter d'être emmené sur le dos de Selim.

Silas Howe demanda pourquoi. Il fallut que Doguereau lui expliquât ce qui s'était passé, car, dans sa fièvre, il ne s'était aperçu de rien.

— Laissez-moi ! Abandonnez-moi ! s'écria le vieux mineur. Vous vous ferez tuer par ces bandits de *Ten Pounds*, et tout cela, pourquoi, je vous le demande ? Pour conserver ma vieille carcasse qui ne vaut pas un penny ! Je vous le dis, monsieur Doguereau, je veux rester ici ! Abandonnez-moi ! Vous avez fait amplement votre devoir ! Partez !

— Un soldat français — et je m'honore d'en avoir été un ! — n'a jamais abandonné un camarade devant l'ennemi ! Je ne commencerai pas, maître Silas ! déclara Doguereau, gravement. Vous viendrez !

— Yes... Je vous comprends ! murmura Silas Howe, sans davantage insister. Mais je vous demanderai seulement de ne pas partir de suite, et de me laisser reposer un peu, avant : je suis brisé de fatigue !

Ce souhait était trop naturel. Doguereau y acquiesça. Lui-même, d'ailleurs, était fourbu. Il s'approcha de Selim qui était allé de lui-même en sentinelle à l'orifice du souterrain et l'envoya se reposer.

— Je veillerai pour toi, dit-il. Ensuite, tu prendras ma place. Ainsi nous serons tous deux reposés, et plus dispos pour tailler des croupières à ces convicts de malheur ! Sans compter que j'aime mieux tenter de sortir d'ici à la nuit : notre tâche en sera facilitée !

L'ex-mameluk ne discutait jamais les ordres de son compagnon. Il s'inclina et alla s'étendre non loin de Silas Howe. Doguereau resta en sentinelle pendant environ deux heures, puis alla réveiller Selim qui le remplaça.

Silas Howe s'était endormi. L'ancien sergent se coucha, et, cédant à la fatigue, s'abandonna au sommeil. Il sursauta en se sentant toucher à l'épaule par Selim.

— Qu'est-ce qu'il y a ? demanda-t-il, aussitôt dressé sur son séant.

— Le vieux... il est mort ! dit simplement l'Egyptien en désignant Silas Howe.

Doguereau eut un léger frisson. Il bondit vers la torche qui touchait à sa fin, la saisit et l'approcha du visage du vieux mineur. Selim avait dit vrai : Silas Howe avait cessé de vivre ! Il reposait, les yeux fermés, immobile pour l'éternité.

C'était parce qu'il sentait sa fin si prochaine qu'il avait demandé à l'ancien sergent d'attendre. Doguereau le comprit et s'inclina devant le corps du vieillard :

— C'était un juste et un honnête homme ! murmura-t-il. Que la terre lui soit légère !

« Selim ! Tu vas m'aider à lui creuser une fosse ! Nous partirons ensuite !

Sans bruit les deux amis se mirent à l'ouvrage à l'aide de leurs poignards. En moins d'une heure, un large trou fut creusé dans le sable, entre deux stalagmites ; Silas Howe y fut étendu et inhumé.

Puis, sans parler, Doguereau empoigna la torche, et, la carabine au poing, s'engagea dans le boyau rocheux, suivi de l'Egyptien.

Tout d'abord, il avança lentement, craignant un piège des convicts. Mais rien ne bougea. Doguereau calculait qu'il ne devait pas se trouver bien loin de l'orifice extérieur du souterrain, lorsqu'il arriva devant les quartiers de rocs dont les acolytes de Smithson avaient comblé la galerie.

En une seconde, il comprit le but des bandits et grommela :

— Nous sommes emmurés, Selim !

Pendant quelques instants, ni Doguereau ni son compagnon n'échangèrent un mot. Selim s'était approché des énormes pierres obstruant le souterrain et, à la lueur fuligineuse de la torche, regardait.

Doguereau, toujours sans parler, examina le « travail » des convicts : les quartiers de rocs avaient été soigneusement empilés les uns au-dessus des autres ; les interstices entre eux étaient minces.

— C'est une besogne bien faite, il n'y a pas à dire, grommela enfin l'ancien sergent de la Grande-Armée. Mais faudrait savoir si ce barrage est bien épais ; aide-moi, Selim !

Et Doguereau se mit immédiatement à l'ouvrage, c'est-à-dire qu'il essaya d'ébranler une des grosses pierres, afin de se créer un passage dans la masse des moellons entassés par les convicts.

Malgré sa vigueur, il lui fallut plus d'un quart d'heure pour arracher le bloc, ce qui lui permit de se convaincre de l'inutilité de ses efforts, d'autant plus que la torche, la dernière des deux arrachées aux acolytes de Smithson, se consumait rapidement.

— Rien à faire, mon pauvre Selim !

maugréa Doguereau, les poings serrés. Les rossards sont habiles : n'osant nous attaquer de front, ils ont préféré nous emmurer : c'est plus facile et moins dangereux ! Arrive ! Nous allons chercher s'il n'y a pas une autre issue, pendant que la torche nous éclaire encore !

Sans mot dire, l'Egyptien suivit Doguereau qui se dirigea vers la crypte. Chemin faisant, l'ancien sergent examina les parois : il ne put y découvrir la moindre fissure malgré toute son attention.

Arrivés dans la caverne, les deux hommes en firent le tour, scrutant les moindres recoins, tâtant les plus petites crevasses, mais sans rien trouver de ce qu'ils cherchaient.

Evidemment, le souterrain constituait la seule issue de la crypte et les convicts le savaient.

— A cette heure, nous voilà bien perdus, sergent ! murmura Selim. Nous mourrons donc ici, s'il plaît à Dieu : tout est écrit à l'avance dans le livre du destin !

— Eh ! Pas si vite, clampin ! protesta Doguereau. Je ne tiens pas du tout à mourir, moi ! Et laisse-moi te dire que tu ne sais rien de ce qui est écrit ! Personne ne le sait. Quand nous serons morts, nous le verrons : pour l'instant, cherchons à vivre ! Viens ! Nous allons essayer à tout prix de nous frayer un passage à travers le barrage accumulé par Smithson et ses gueux du diable : les pierres ne sont pas cimentées, à force de patience, de temps et de courage, nous finirons bien par en venir à bout !

— Je vous suis, sergent !

Au pas de course, les deux amis s'engagèrent de nouveau dans le boyau rocheux. Arrivés devant les pierres amoncelées par les convicts, ils se mirent à l'ouvrage.

La torche, plus qu'à demi consumée, fut calée entre deux éclats de roc ; puis les deux hommes entreprirent de désagréger la barrière pierreuse.

Tant bien que mal, Doguereau réussit à en retirer quelques blocs de roc que Selim, à mesure, alla porter en arrière, dans le souterrain.

Mais, après une heure d'efforts, l'ancien sergent se convainquit de l'inutilité de son entreprise : derrière les pierres qu'il enlevait, il y en avait d'autres, et puis d'autres encore !

Doguereau ne désespéra pas encore, pourtant ; jusqu'au bout, il voulait lutter. Sans mot dire, les tempes battantes, le visage inondé de sueur, il continua son ingrate besogne.

Sur ces entrefaites, la torche s'éteignit. Les deux amis furent plongés dans les ténèbres.

— Continuons, Selim ! fit Doguereau. Nous travaillerons à tâtons : ça ira moins vite, mais ça avancera quand même ! Courage !

— J'en ai, sergent, du courage ! répondit simplement l'Egyptien.

Et la besogne continua. Mais les pierres succédaient aux pierres : il y en avait toujours ! Combien d'heures Doguereau et son compagnon travaillèrent-ils ? Ils ne purent jamais le savoir.

Selim, moins vigoureux que l'ancien sous-officier, abandonna le premier.

— Je n'en peux plus, sergent ! dit il. Laissez-moi mourir... J'ai la fièvre...

Doguereau connaissait assez l'ex-mameluk pour savoir que, s'il se plaignait ainsi, c'était qu'il était vraiment au bout de ses forces.

— Les étoiles! On voit les étoiles! s'écria soudain l'ancien sergent, ivre de joie.

Lui aussi, d'ailleurs, sentait l'épuisement le gagner ; la fièvre faisait gonfler ses tempes et il se sentait bien près de défaillir. Pourtant, il ne s'abandonna pas encore.

— Voyons, Selim, dit-il, fais encore un petit effort... Qui sait ? Peut-être n'avons-nous que quelques pierres à déplacer pour pouvoir passer... Ce serait malheureux de tout lâcher au moment de réussir ! surmonte-toi, clampin ! Ces gueux de convicts seraient trop heureux d'en finir aussi facilement avec nous !

— Je vais essayer, sergent ! répondit l'Egyptien, faiblement.

Il se redressa, prit la pierre que Doguereau lui tendait et alla la porter plus loin. Mais, au deuxième voyage, l'ancien sergent l'entendit qui tombait. Il comprit alors que tout était fini, qu'il ne passerait jamais, que lui et Selim allaient mourir dans ce trou noir, comme des rats dans leur tanière.

Il lâcha le quartier de roc qu'il s'efforçait d'ébranler et, à tâtons, rejoignit l'Egyptien qu'il aida à se relever :

— Tu ne t'es pas fait mal, au moins ? grommela-t-il pour cacher sa tristesse.

— Non, sergent ! Le caillou, il m'est *un peu* tombé sur le pied, mais ce n'est rien.

— Arrive ! Nous allons regagner la crypte : il y fait moins chaud qu'ici : nous y serons mieux pour mourir !

L'un derrière l'autre, les deux amis, se guidant à la paroi, revinrent, dans la caverne.

— Adieu, sergent fit Selim en serrant la main de Doguereau. Il était écrit que nous devions mourir ! Je mourrai sans regrets !

— Qui sait ? murmura Doguereau. En tout cas, tu as raison : c'est sans regrets que des braves doivent accepter la mort lorsqu'ils ont toujours fait leur devoir... Crie avec moi : Vive la France ! Selim ! Que notre dernière pensée soit pour la Patrie que nous avons défendue !

— Vive la France ! s'écrièrent ensemble les deux hommes.

Ils n'échangèrent plus un mot. A quoi bon ? Loin de tout secours humain, épuisés par la fièvre, la fatigue et la faim, ils n'avaient plus qu'à mourir.

En silence, ils s'étendirent sur le sable et essayèrent de dormir pour tromper leurs suprêmes angoisses... Un quart d'heure, une heure peut-être, passa. Selim, terrassé par la fatigue, sommeillait.

Mais Doguereau, bien qu'immobile, était resté éveillé et gardait toute sa lucidité. Bien mieux, ce repos lui rendait peu à peu ses forces. Il tressaillit tout à coup en entendant un petit cri, assez semblable au vagissement d'un enfant.

Il allait crier, demander qui venait, mais un obscur sentiment de prudence le retint. L'oreille tendue, il attendit. Presque immédiatement il perçut un léger crissement, produit par du sable remué, puis d'autres, vagissements plus accentués.

Doucement, doucement, il se dressa sur son séant et regarda autour de lui. Tout d'abord, il ne vit rien : brusquement, il lui sembla distinguer plusieurs faibles points lumineux, semblables à des étincelles rouges.

— Ah çà ! Est-ce que je rêve ? pensa-t-il.

Il concentra son attention, et, non seulement, se convainquit qu'il avait bien vu, mais encore que les mystérieux points lumineux se déplaçaient.

Non loin de lui, il entendit des frôlements soyeux, de petits cris et un bruit assez semblable à celui du sable remué... Un frisson, brusquement, le secoua.

— Silas Howe !

Oui, le bruit venait de l'endroit où il avait inhumé le vieux mineur. Est-ce que, par hasard, le vieillard aurait été enterré vivant et essaierait de sortir de sa fosse ? Ces crissements de sable remué ?

Doguereau allait se mettre debout, mais une réflexion soudaine le cloua sur place : les mystérieux points rouges ? D'où venaient-ils ?

L'ancien sergent retint un cri de triomphe : il venait de comprendre ! Les cris étaient poussés par des hyènes ou des chacals, dont les yeux phosphorescents brillaient dans les ténèbres.

Les immondes animaux venaient pour déterrer le corps de Silas Howe et s'en repaître ! Mais, alors, il existait une seconde issue pour pénétrer, et sortir de la crypte !

Une joie immense envahit Doguereau. L'espérance, d'un coup, lui revint. Pour sortir, il n'y avait qu'à guetter les immondes animaux et découvrir l'ouverture par laquelle ils étaient venus. C'était difficile, étant donné l'obscurité complète régnant dans la caverne.

Deux paires d'yeux ne seraient pas de trop ! Doguereau, avec des précautions infinies, se rapprocha de Selim, et, rapprochant sa bouche à l'oreille de l'Egyptien jusqu'à la toucher, souffla :

— Pas de bruit, Selim ! Nous sommes sauvés ! Ne bouge pas et écoute-moi !

Malgré ces précautions oratoires, l'ex-mameluk, réveillé en sursaut, se dressa si brusquement que les mystérieux animaux, effrayés, firent entendre de faibles glapissements, comme s'ils allaient fuir.

— Du calme, Selim, ou tout est perdu, reprit Doguereau à voix basse. Il y a ici des hyènes ou des chacals venus pour dévorer le corps de ce pauvre Silas... Si nous pouvons savoir par où ils ont passé, nous sommes sauvés ! Tu vas m'y aider ! C'est compris ?

— Oui... sergent ! fit l'Egyptien encore sous l'influence du sommeil et de la fièvre.

Doguereau, par prudence, lui expliqua une seconde fois ce qui se passait.

— Je comprends ! affirma l'Egyptien ; lorsque les chacals seront repus, nous les suivrons plus facilement. J'y vois assez dans l'obscurité. Je distingue leurs yeux !

— Moi aussi ! affirma l'ancien sergent.

— Il y en a trois... Je vois six yeux !

— Ce n'est pas des yeux qu'il faut voir, mais les chacals tout entiers ! Sinon, lorsqu'ils nous tourneront le dos, nous ne distinguerons plus rien !

Selim ne répondit pas à la juste observation de son compagnon. Quelques minutes s'écoulèrent. Le bruit fait par les pattes des ignobles animaux creusant le sable s'entendait distinctement.

— Nous ne pouvons pourtant pas laisser dévorer le corps de ce pauvre Silas Howe ! grommela Doguereau.

— Il n'y a pas d'autre moyen, sergent ! Ce n'est que lorsque les chacals seront repus qu'il nous sera possible de les suivre...

— Si nous les voyons, mais nous ne les voyons pas ! Des blagues, tout ça ! Tu as ta carabine ?

— Oui, sergent ! Je l'ai posée à côté de moi ! Mais vous ne voulez pas tuer les chacals ?

— T'inquiète pas ! Elle est chargée, ta seringue ?

— Oui, sergent ! Mais...

— Passe-la-moi, et motus ! conclut l'ancien sous-officier.

Un peu effaré, mais confiant quand même, Selim obéit.

Simon Doguereau, sans bruit, s'agenouilla et, à l'improviste, fit feu par deux fois. Les éclairs produits par la déflagration de la poudre rayèrent les ténèbres pendant une fraction de seconde.

Si court qu'il fût, ce délai permit à l'ancien sergent de distinguer les silhouettes efflanquées de trois chacals, lesquels, épouvantés par les détonations, fuyaient en courant.

Tout aussitôt, Doguereau, jetant la carabine de Selim dont il venait de se servir, empoigna la sienne propre et tira les deux balles qui s'y trouvaient. Les lueurs produites lui firent voir le dernier des chacals au moment où il disparaissait entre deux stalagmites, à moins de vingt mètres de la fosse renfermant Silas Howe.

— Je crois bien que nous sommes sauvés ! dit-il, joyeux. Recharge ta seringue, que j'ai jetée à côté de toi, et arrive ! J'ai vu par où les chacals avaient passé.

— Vous les avez ratés, sergent ! fit l'Egyptien, étonné de ce qu'il prenait pour de la maladresse. Aucun d'eux n'est tombé ! C'est vrai que, dans l'obscurité...

— Rassure-toi, je n'ai pas voulu les tuer, s'expliqua Doguereau. Je voulais seulement savoir par où ils avaient passé pour arriver ici : j'y suis parvenu. Tout va bien !

Rapidement, l'ancien sous-officier rechargea sa carabine et, à tâtons, se dirigea vers les deux stalagmites entre lesquelles il avait vu les chacals pour la dernière fois.

Doguereau possédait ce sens dont certains aveugles sont doués, et que l'on appelle le *sens de l'orientation*. Bien que n'ayant pas de point de repère, et malgré l'obscurité complète dans laquelle il se trouvait, il réussit sans peine à atteindre les deux stalagmites.

C'étaient deux colonnes de pierre grumeleuse, produites par la chute des eaux calcaires. Chacune avait plus de deux mètres de diamètre.

Doguereau, à tâtons, en examina la structure, dans l'espoir de découvrir la brèche, l'ouverture ayant servi aux chacals. Sous ses mains, il ne trouva que la pierre, sans le plus petit interstice.

— Arrive, clampin ! cria-t-il. Il y a un trou par ici : il faut le découvrir !

Selim le rejoignit et, aussitôt, se mit en quête. Pas plus que son compagnon d'aventures, il n'arriva à un résultat.

Une heure durant, les deux amis s'épuisèrent en vain. Peu à peu, maintenant que l'espoir d'une prompte délivrance diminuait, ils sentaient de nouveau leurs forces décroître.

— Nous ne sortirons pas d'ici, sergent ! murmura l'Egyptien. Ce qui est écrit est écrit... Ces chacals sont certainement des esprits malins, des *djinns* venus pour nous narguer ! Cela arrive souvent en Egypte... C'est pour cela que vous les avez manqués ! Ils...

— Tu dérailles, mon vieux ! interrompit Doguereau, impatienté. Que ce soit des esprits ou non, et qu'ils soient malins ou pas, ils ont passé par un trou, et ce trou, par les cornes du diable, je le... Tonnerre !

Une pierre plate, sur laquelle l'ancien sous-officier venait d'appuyer le pied, avait basculé brusquement. Il sentit qu'il tombait, étendit instinctivement les bras et fut assez heureux pour se raccrocher à une saillie de la pierre.

Il resta pendant deux ou trois secondes sans voix, les jambes suspendues dans le vide.

— Vous n'êtes pas mort, sergent ? s'écria Selim.

— Si je l'étais, je ne pourrais pas te répondre, animal ! grommela Doguereau. J'ai trouvé le trou des chacals ! Même que je suis tombé dedans... Une pierre le masquait ! Approche-toi, et va doucement !... Là... tu y es ?

— Oui, sergent ! fit l'ex-mameluk d'une voix mal assurée : à part lui, il n'était pas certain qu'il n'y eût pas une part de sorcellerie dans tout cela.

Il s'approcha à pas lents jusqu'à ce qu'il sentît qu'il était au bord de la mystérieusse ouverture.

— Attention à la manœuvre ! poursuivit Doguereau. Ce ne doit pas être très creux, puisque les chacals y ont passé... Je vais me laisser aller ; dès que j'aurai touché le fond, je te préviendrai ! Une, deux, trois !

L'ancien sergent ouvrit les mains et sentit qu'il tombait. Mais, comme il l'avait prévu, le trou n'était pas profond, trois mètres à peine, c'est-à-dire que ses pieds n'eurent qu'un peu plus d'un mètre à franchir.

Ayant étendu les mains en avant pour se reconnaître, il constata sans peine qu'il se trouvait dans une minuscule grotte, haute de trois mètres, large de quatre et longue de cinq.

Le sol en était de pierre. Doguereau, s'étant agenouillé, découvrit dans un angle une ouverture carrée, ou à peu près, de quatre-vingts centimètres de côté et qui devait être l'entrée de la galerie par laquelle avaient passé les chacals.

L'ancien sous-officier se promit de vérifier aussitôt ce détail..

— Selim ! cria-t-il. Laisse-toi tomber : ce n'est pas creux ! Et dépêche.

L'Egyptien obéit. Cinq secondes plus tard, il eut rejoint son compagnon. Doguereau lui fit part de l'existence de l'ouverture carrée.

— On va voir ce que c'est, de suite ! conclut-il.

Sur quoi, il s'engagea immédiatement dedans. C'était, comme il l'avait pensé, une galerie irrégulière, tantôt plus large, tantôt se rétrécissant, due à quelque tremblement de terre : les rocs, en s'éboulant, avaient laissé ce vide entre eux.

Suivi de Selim, Doguereau, avançant sur les mains et sur les genoux, parcourut lentement une distance qu'il évalua à plus d'un kilomètre. Mais il devait se tromper, car la galerie était très sinueuse. Elle devint bientôt si basse que l'ancien sergent, pour n'être pas immobilisé, dut ramper à plat ventre.

Il ne progressa plus qu'à la vitesse d'un escargot. Pendant plus d'une demi-heure, il dut se livrer à cette fatigante gymnastique.

Enfin, le boyau s'élargit ; les deux hommes purent se mettre debout ; mais, bientôt, des quartiers de rocs obstruèrent le conduit. Dans les ténèbres, Doguereau et son compagnon durent en chercher les interstices à tâtons, se glisser entre les pierres coupantes non sans s'écorcher profondément.

Mais par instants, ils sentaient des bouffées d'air frais arriver jusqu'à eux et elles ranimaient leurs forces défaillantes.

— Les étoiles ! On voit les étoiles ! s'écria soudain l'ancien sergent, ivre de joie.

Droit au-dessus de lui, entre deux quartiers de roc, il venait d'apercevoir la voûte céleste !

Pris d'une furieuse frénésie, Doguereau se rua parmi l'éboulis de pierres et, quelques instants plus tard, déboucha au fond d'un ravin envahi par les arbustes épineux.

Il poussa un profond soupir et se laissa tomber sur le sol, complètement épuisé. Selim le rejoignit presque aussitôt et ce fut pour dire :

— Croyez-moi, sergent, ces chacals, c'est sûr, étaient des esprits ! Mais je me suis trompé ! C'étaient des esprits bienfaisants ! Il y en a aussi ! C'est ainsi qu'une nuit, près de Zagazig...

— Va-t'en au diable avec tes esprits et ton Zagazig ! grommela Doguereau. Il fait nuit encore : je vais dormir et je t'engage à en faire autant ! Quand il fera jour, nous verrons ce que nous devrons faire ! Bonsoir.

Et, ayant ainsi donné son opinion, l'ancien sous-officier se fit une place entre deux fourrés, s'étendit voluptueusement sur les terres sèches et se mit à ronfler comme plusieurs toupies hollandaises.

Selim, était, lui aussi, à bout de forces. Il ne put faire mieux que de suivre l'exemple de son chef. La chaleur ardente du soleil réveilla les deux amis.

Doguereau s'étira, soupira, bâilla par trois fois, cracha et, enfin, se mit debout.

— Il ne doit pas être loin de midi ! grommela-t-il après avoir estimé la lueur du soleil. Je me sens une faim de tous les diables...

— Voilà justement un oiseau, là-bas ! fit Selim en désignant un magnifique cacatoès blanc à crête jaune, qui perché sur un arbuste voisin croissant au flanc du ravin, regardait les deux hommes avec une innocente curiosité. Si vous voulez, je vais...

— Garde-t'en bien ! s'écria Doguereau en saisissant le bras de l'Egypten au moment où celui-ci faisait un geste pour saisir sa carabine. Tu sais que nous ne sommes pas loin du repaire des convicts, puisque nous avons pu les entendre parler. Il ne faut, à aucun prix, signaler notre présence. Nous mangerons de l'herbe, des racines, des rats morts, au besoin ! Mais, motus ! D'abord, sortons de ce ravin, je n'aime pas être au fond d'un trou !

— Je suis fatigué, sergent, vous savez ? fit observer Selim. Nous...

— Veux-tu que je te fasse avancer ta voiture, clampin ? Allez ! ouste, en route ! Nous nous reposerons après avoir mis Smithson et ses hommes en terre ! Et pas de bruit, surtout !

Et Doguereau, aussi alerte que s'il sortait de son lit, commença d'escalader les flancs escarpés du ravin. En quelques minutes les deux amis furent en haut et se trouvèrent dans une vallée chaotique, semée d'énormes rochers grisâtres.

— Hum ! grogna l'ancien sous-officier en regardant autour de lui d'un air méfiant, il me semble que nous sommes déjà passés par ici ! Qu'en dis-tu, Selim ?

— Je ne crois pas, sergent, déclara l'Egyptien après avoir examiné les alentours avec attention.

— Tu te trompes, *blanc-bec !* (L'Egyptien était presque aussi noir qu'un nègre.) Je reconnais l'endroit !

— Vous avez peut-être raison, sergent ! acquiesça Selim qui ne mettait jamais en doute les affirmations de son compagnon.

Doguereau, en homme prudent, jeta un nouveau coup d'œil autour de lui, et se convainquit de plus en plus qu'il connaissait ce paysage.

Ce n'était pas une vaine constatation : au cours de sa longue existence de soldat, l'ancien sous-officier avait pris l'habitude de bien voir.

— Avançons, dit-il enfin ; et ouvrons l'œil !

En silence, le doigt sur la gâchette de leur carabine, les deux amis se mirent en marche à travers les blocs de roc.

Après une vingtaine de minutes de trajet, ils débouchèrent soudain dans un vallon où croissaient d'énormes eucalyptus. D'un même mouvement, ils s'immobilisèrent : tous deux, maintenant, reconnaissaient l'endroit ! Et comment ne pas le reconnaître !

C'était là que Selim et Silas Howe avaient été traînés pour y être pendus et brûlés vifs par les convicts, supplice dont les avait préservés l'intervention de l'ancien sergent.

— Alors, tu le reconnais, hein ? gouailla Doguereau.

— Oui, sergent !

— Sacré conscrit, va ! Enfin, la morale de tout cela, c'est que nous sommes revenus sur nos pas, sans nous en douter ! Ce sont là des choses qui arrivent ! Mais, puisque le destin nous ramène par ici, nous allons de suite en profiter pour aller faire un petit tour du côté de l'auberge du Nandou...

— On y trouvera à manger ! acheva l'Egyptien, que la faim tourmentait de plus en plus.

Doguereau, sans plus parler, attira Selim derrière un des blocs de rocher disséminés autour des deux amis.

C'est que l'ancien sergent, avant d'aller plus loin, voulait réfléchir et ne pas se lancer à l'aveuglette. Attaquer dans leur repaire des bandits de l'acabit de Smithson et de ses convicts méritait réflexion.

Doguereau s'assit sur une grosse pierre et fit signe à son compagnon d'en faire autant.

— Il y a deux choses à considérer, Selim, fit Doguereau à mi-voix, après quelques instants de réflexion. Tout d'abord, il me vient à l'idée que nous ferions mieux d'attendre la nuit pour tenter de pénétrer dans l'auberge. Mais pourras-tu tenir jusque-là, Selim ?

— Oui, sergent ! affirma l'Egyptien, sans hésiter.

— Même sans manger ?

— J'ai vu de petites baies par là : cela trompera ma faim !

— Bien parlé, mon vieux ! Reste une autre objection : c'est cette nuit, d'après ce que j'ai entendu, que Smithson et ses convicts doivent attaquer la diligence de Darlington, sur la route de Ballarat... Ils ne seront donc pas dans l'auberge, et nous ferons chou blanc !

— Il y en aura peut-être quelques-uns, sergent, observa Selim.

— Peut-être, mais les moins intéressants... L'affaire est compliquée ! Ni toi, ni moi, d'autre part, ne savons où se trouvent cette fameuse route de Ballarat... Et, si nous nous mettons en campagne pour la chercher, nous risquons fort de nous perdre et d'arriver en retard... De cette façon, nous aurons tout manqué ! Tout bien considéré, le mieux, à mon avis, est donc de visiter de suite cette honnête auberge du Nandou ! Ta carabine est chargée, Selim ?

— Comme de juste, sergent !

— Ça va ! Tu me suivras. Pas de bruit, quoi qu'il arrive, et ne tire que si je te l'ordonne. J'ai idée que nous allons découvrir des choses intéressantes ! Arrive !

Doguereau se dressa. Le doigt sur la gâchette de sa carabine, il se dirigea vers l'étroit défilé qui faisait communiquer le vallon avec la route au bord de laquelle était bâtie l'auberge des convicts.

En quelques minutes, les deux hommes furent en vue de la masure. La porte en était fermée, mais les deux fenêtres ouvertes. Aux alentours, personne.

Doguereau et Selim, se glissant à travers les éboulis de roc épars un peu partout, arrivèrent à une cinquantaine de mètres de l'auberge. Un cri rauque et étouffé les fit s'arrêter brusquement.

— C'est l'appel de quelqu'un qu'on tue, pas d'erreur ! affirma à voix basse l'ancien sergent, qui s'y connaissait. Nous...

Un second cri, plus fort que le premier, mais aussitôt arrêté, arriva aux oreilles des deux amis. Selim fit un mouvement pour s'élancer, mais, de son bras étendu, Doguereau le retint.

— Minute, clampin ! Ne nous éloignons pas de notre objectif, comme disait mon capitaine avant d'être tué à Leipzig. Il ne faut pas courir deux lièvres à la fois ! Nous sommes ici pour châtier les convicts et non pour délivrer leurs victimes, d'autant plus que, si nous manquions notre coup, non seulement le malheureux que nous venons d'entendre crier serait tué quand même, mais encore nous partagerions son sort, ce qu'il faut éviter ! Ecoute-moi, conscrit ! On va exécuter un mouvement tournant, histoire de nous introduire par derrière dans l'auberge. Ensuite, on agira suivant les événements ! En avant !

Les deux amis se remirent en marche, étouffant le bruit de leurs pas. Bien qu'ils eussent l'oreille aux aguets, ils n'entendirent plus rien ; sans doute, la malheureuse victime des bandits était-elle morte...

Précédant son compagnon, Doguereau fila derrière les taillis d'arbustes épineux faisant face à l'auberge. Ces taillis, justement, avaient été respectés par les convicts parce qu'ils leur servaient à se dissimuler lorsqu'ils préparaient quelque guet-apens.

Grâce à cet écran, Doguereau et Selim purent passer sans être vus devant l'auberge. Vivement, ils traversèrent la route, et bondissant d'un buisson à l'autre, utilisant les moindres accidents de terrain, ils parvinrent derrière le repaire des convicts.

De ce côté, le mur de l'auberge n'était percé que de trois fenêtres garnies de grosses barres de fer croisées, qui lui donnaient l'aspect sinistre d'une prison. Doguereau et Selim, par prudence, s'aplatirent parmi les hautes herbes et considérèrent la bâtisse.

— Doucement, que diable! intervint Doguereau, tu vas me l'étrangler!
— Ce ne serait pas une perte, sergent! gronda l'Egyptien.

Passer par les fenêtres, il n'y fallait pas songer, évidemment. Restait le toit ? Mais essayer d'y grimper, c'était s'exposer à être vu sûrement... Doguereau réfléchit quelques instants. Son regard enveloppa la masure.

L'ancien sergent tressaillit en distinguant un soupirail que les herbes dissimulaient presque entièremennt.

— Fais comme moi, et pas de bruit ! souffla-t-il en se tournant vers Selim.

Doucement, il rampa vers la muraille et eut bientôt atteint le soupirail en question. Tout comme les fenêtres, l'ouverture était défendue par deux barres de fer en croix.

Mais un coup d'œil suffit à Doguereau pour constater qu'elles étaient d'une solidité plus apparente que réelle : l'humidité du sol tout proche avait rouillé le fer et rongé le ciment qui maintenait les barreaux.

— Ouvre l'œil, fit l'ancien sous-officier à voix basse, à l'adresse de Selim. Je vais travailler ! Il y a du bon.

Doguereau tira son poignard et, sans bruit, avec des gestes délicats et mesurés, commença d'attaquer le ciment maintenant les extrémités des barreaux.

La pierre artificielle était fendillée et éclatée en plusieurs endroits. L'ancien sergent n'eut pas trop de peine à introduire la pointe de son arme dans ces interstices.

Le travail alla rapidement. En moins d'un quart d'heure, l'extrémité d'un des barreaux fut entièrement dégagée. Doguereau, tout heureux, se sentit pris d'une nouvelle ardeur et travailla plus vite.

Dix minutes lui suffirent pour desceller la seconde extrémité du barreau. Le deuxième barreau tenait encore moins solidement ; Doguereau l'eut rapidement arraché.

Par l'ouverture béante, il passa la tête et distingua une cave assez profonde où étaient rangés plusieurs tonnelets répandant une forte odeur de whisky.

L'ancien sergent, ayant dégagé sa tête, fit signe à Selim de l'imiter, et, hardiment, se glissa dans le soupirail. L'ouverture était juste suffisante pour donner passage à un homme.

Doguereau, qui avait les épaules très larges, faillit rester pris. D'une violente secousse, non sans s'être arraché quelques lambeaux de peau, il se dégagea et tomba sur le sol de la cave.

Redressé aussitôt, il voulut examiner l'endroit. Mais Selim bouchait le soupirail. Doguereau dut attendre qu'il l'eût rejoint pour poursuivre ses investigations.

Le caveau était d'apparence honnête : il ne renfermait que des tonnelets de gin et de whisky, de nombreuses bouteilles de bière et quelques énormes jambons suspendus au plafond.

— Si on mangeait, sergent ? proposa Selim, qui ne perdait pas de vue les nécessités pratiques de l'existence.

— Mais, c'est du cochon, mon pauvre vieux ! expliqua Doguereau en désignant les jambons. Ce n'est pas de la nourriture pour toi, voyons ! Et puis, il y a dans cette maison un homme qu'on tue, qu'on torture peut-être. Nous mangerons plus tard ! Maintenant...

L'ancien sergent s'arrêta. Au fond du caveau, dans la muraille faisant face au soupirail par lequel les deux hommes étaient entrés, une porte était percée.

Elle s'ouvrit lentement et donna passage à la vieille Margett, laquelle tenait d'une main une lanterne de corne et de l'autre un panier à bouteilles en jonc tressé.

— Voyous ! glapit-elle en apercevant Doguereau et Selim qu'elle dut prendre pour des « clients »... entreprenants. Les voilà qui viennent me voler mon whisky, maintenant ! Je le dirai à Smithson, chiens, que...

Elle n'en put dire plus. A la vue de l'horrible vieille qui, quelques jours auparavant, était venue assister à son supplice et l'insulter, Selim s'était dressé et avait saisi la mégère par le cou.

L'air lui manquant, Margett lâcha sa lanterne et son panier, et s'affaissa comme une loque.

— Doucement, que diable ! intervint Doguereau. Tu vas me l'étrangler !

— Ce ne serait pas une perte, sergent ! gronda l'Egyptien. Cette sorcière maudite m'a...

— Ne serre pas si fort ! Je vais la ligoter ! Tu entends !

Selim entendait parfaitement. Mais sa haine contre l'horrible vieille était si grande que, pour la première fois de sa vie, il n'obéit pas à l'injonction de Doguereau.

Il fallut que celui-ci, usant de force, lui arrachât la mégère des mains. Le visage déjà gris, les yeux révulsés, Margett râlait. Mais elle avait la vie dure.

Dès que l'étreinte enserrant son cou décharné eut cessé, elle poussa un long soupir, respira très fort et, sans prononcer un mot, fixa ses durs yeux gris sur les deux amis.

— La corde qui est là ! fit Doguereau à voix basse, en indiquant une cordelette qui traînait sur le sol à quelques pas de là...

Selim la lui tendit immédiatement. Margett avait entendu.

— Des Français ! murmura-t-elle en frissonnant. Ce sont *eux !*

— Oui, c'est nous, la vieille ! répondit Doguereau en anglais. Nous-mêmes. Et nous ne sommes pas venus ici pour nous amuser !

Tout en parlant ainsi, l'ancien sergent s'occupait à ligoter solidement les poignets et les chevilles de la mégère.

— Là, dit-il quand il eut terminé, voilà une affaire réglée. Selim, va fermer la porte, et reste à côté pour me prévenir au cas où l'on viendrait... Et toi, la vieille, si tu tiens à ta carcasse, tu vas me renseigner sur ce qui se passe ici ! Quel est cet homme que j'ai entendu crier tout à l'heure ?

Margett eut un frisson plus fort :

— C'est vous, Doguereau, n'est-ce pas ? questionna-t-elle.

— Si on te le demande, tu diras que tu ne le sais pas, mais tu le sais bien. Et c'est moi qui interroge et pas toi. Réponds : qui a crié ?

— Je ne sais pas ! siffla la mégère en dardant un regard froid et visqueux comme celui d'une vipère sur l'ancien sergent.

Doguereau comprit qu'il n'en tirerait rien. Au surplus, il n'avait qu'à y aller voir.

— Si quelqu'un a été assassiné là-haut, dit-il, ta peau ne vaudra pas cher, la vieille, sache-le ! Tu...

Il s'arrêta et eut tout juste le temps de coller sa large main sur la bouche édentée de Margett qui s'ouvrait pour appeler.

— Selim, de la corde, que je bâillonne ce monstre ! fit tranquillement Doguereau.

L'Égyptien apporta l'objet demandé. Doguereau, sans s'occuper des contorsions de la mégère, lui garnit la bouche de plusieurs tours d'une corde bien serrée.

— Maintenant, on grimpe là-haut, conclut-il. Pas de bruit, et ouvre l'œil, Selim !

Sur quoi, l'ancien sergent, ayant ramassé la lanterne apportée par la vieille, marcha vers la porte du caveau et, doucement, l'ouvrit. Il put aussitôt entendre un bruit de voix au-dessus de lui.

CHAPITRE II

LES SURPRISES DE L'AUBERGE DU NANDOU

Avant d'aller plus loin, Doguereau tendit l'oreille, dans l'espoir d'entendre quelques bribes de conversation pouvant le renseigner sur le nombre des bandits occupant l'auberge.

Mais les voix dont il percevait le murmure étaient indistinctes. L'ancien sergent comprit aussitôt l'inutilité d'essayer de surprendre un seul mot.

Il haussa les épaules et, la lanterne d'une main, son poignard de l'autre, s'engagea dans l'étroit couloir voûté sur lequel donnait la porte de la cave. Selim le suivit.

Doguereau parcourut cinq à six mètres et arriva devant un petit escalier taillé dans le roc. De nouveau, il s'arrêta.

Maintenant, quelques mots parvenaient très distinctement jusqu'à lui.

— Finissons-le !... veut... pas parler.

— Serre, Jim ! Vas-y !

— Il va passer !

— A boire, by devil ! Où est passée cette vieille guenon ?

— Parleras-tu, l'orang-outang ?

— Serre donc, Jim.

— ... Peu plus... corde cassée !

Doguereau, malgré toute sa perspicacité, ne comprit rien ou pas grand'chose à tout cela ; mais, d'après les sons de voix différents, il en conclut qu'il devait y avoir en haut au moins une demi-douzaine de bandits.

— Ce n'est pas beaucoup, se dit-il, un rire tranquille aux lèvres.

S'étant retourné afin de s'assurer que Selim l'avait suivi, il vérifia le mécanisme de sa carabine et, sur la pointe des pieds, gravit lestement l'escalier.

Après une vingtaine de marches, il arriva devant une porte entr'ouverte qu'il poussa et franchit. Elle donnait sur une sorte d'allée qui partageait la masure en deux. Doguereau vit deux portes, l'une à droite, l'autre à gauche.

C'était de derrière cette première que partaient les cris. L'ancien sergent s'y dirigea, toujours suivi de Selim. Les glapissements, les vociférations, les hurlements, continuaient de plus belle.

Toujours très calme, Doguereau mit la main sur le loquet de bois de la porte, le souleva et poussa le battant : les rires semblèrent instantanément se calmer.

— Voilà Margett ! glapirent plusieurs individus.

— Ce n'est pas malheureux !

Doguereau eut une très brève hésitation : devant lui, il apercevait des sieurs convicts dépoitraillés, la pipe en bouche, réunis autour d'une table sur laquelle un vieillard était étendu.

C'était un homme à barbe grise ; son crâne chauve était entouré d'une sorte de turban fait d'une mince cordelette enroulée plusieurs fois autour de sa tête ; un des bandits avait introduit un petit bâton entre le crâne et les cordes et lui donnait un mouvement de torsion qui avait pour résultat de resserrer si fort la couronne de cordes que celles-ci pénétraient profondément dans la chair ensanglantée.

Sur une autre table, des verres et des bouteilles — aussi vides les uns que les autres — étaient posés. En l'espace d'un éclair, Doguereau comprit la signification de cette scène : l'homme étendu sur la table était torturé par les convicts, lesquels voulaient lui arracher quelque profitable secret.

— Non, ce n'est pas Margett ! répondit l'ancien sergent aux exclamations des bandits, c'est moi, Simon Doguereau !

Deux détonations suivirent cette présentation : Doguereau avait fait feu. Deux convicts tombèrent, avec chacun une balle dans la tête. Les autres, affolés, se précipitèrent vers un angle de la pièce où ils avaient déposé leurs instruments de travail, c'est-à-dire leurs armes.

Mais l'ancien sergent ne leur donna pas le temps d'y arriver. Saisissant sa carabine par le canon, il se rua vers les misérables et, coup sur coup, écrasa le crâne aux deux plus proches.

Les quatre survivants, affolés, se précipitèrent vers la fenêtre qui donnait sur la route et qui n'était pas grillée. Mais Selim leur barra le passage et leur déchargea sa carabine en pleine face.

Deux tombèrent encore. Les deux derniers, se poussant pour courir plus vite, réussirent à enfoncer les battants de la fenêtre et à sauter dehors.

Mais Doguereau et Selim foncèrent à leur poursuite. L'ancien sergent, ayant réussi à recharger son arme, lâcha encore une balle qui abattit un des deux fugitifs.

L'autre parvint à atteindre les éboulis de rocs épars autour de l'auberge, entre lesquels il disparut.

— Dommage qu'on n'ait pas pu l'avoir, grommela Doguereau ; il va prévenir les autres !

— Je vais le poursuivre, sergent ! s'écria Selim. Je le...

— Tu tomberas dans quelque embuscade et te feras démolir comme un lapin ! Arrive ! Avant tout, il faut fouiller l'auberge afin de nous assurer qu'il n'y reste pas d'autres bandits ; et puis, nous interrogerons le pauvre vieux, s'il est encore vivant !

A pas rapides les deux amis regagnèrent l'auberge. La porte en étant fermée, ils ne perdirent pas de temps à essayer de l'ouvrir et rentrèrent par la fenêtre qui leur avait servi à sortir.

— A moi, gentlemen ! gémit le vieillard en s'agitant sur la table.

Doguereau bondit vers lui et constata qu'il avait les pieds et les poings liés et qu'une sangle le maintenait à la table. De son poignard, l'ancien sergent eut tôt fait de couper tous ces liens.

Il entreprit immédiatement de trancher les cordes écrasant le crâne du malheureux. Mais ce fut difficile : les cordelettes étaient si serrées qu'elles s'étaient enfoncées d'un bon centimètre dans la chair du prisonnier.

Doguereau eut besoin de toute son attention pour ne pas blesser le pauvre homme.

— A boire ! gémit le vieillard d'une voix faible !

L'ancien sous-officier jeta les yeux autour de lui : hélas ! les bouteilles qui avaient contenu du gin étaient aussi vides les unes que les autres.

— Attendez quelques instants, mon brave ! fit Doguereau. Nous allons d'abord fouiller cette baraque pour nous assurer qu'aucun convict ne s'y trouve ; nous en profiterons en même temps pour vous découvrir de l'eau. Un peu de patience seulement !

— Aoh ! J'en aurai, mister Doguereau ! répondit le vieillard qui, depuis quelques instants, examinait attentivement l'ancien sergent.

— Vous me connaissez ? s'écria ce dernier, étonné.

— Yes ! Je vous connais,! Ou plutôt, je vous reconnais : je suis un des officiers qui faisaient partie de la Cour Martiale de Botany-Bay qui vous a jugé avec votre... complice, il y a quelques semaines : capitaine Jack Benham ! Il paraît que vous vous êtes évadés, mes gaillards : cela ne m'étonne pas, mais j'aurais mauvaise grâce à m'en plaindre puisque, si je suis encore en vie, c'est grâce à vous ! Je crois, décidément, que vous disiez la vérité, là-bas, et que vous êtes innocents... Je m'emploierai à vous faire réhabiliter, si je vis, car ces misérables convicts m'ont mis dans un bel état !

« J'étais parti avec deux matelots pour faire une tournée dans la forêt de Coolagga, afin de voir si l'on n'y pourrait pas trouver du bon bois de mâture, lorsqu'en arrivant devant cette baraque, nous fûmes accueillis à coups de fusils...

« Nos chevaux s'abattirent... Mes deux matelots et moi fûmes entourés, roués de coups et ligotés. Ils nous fouillèrent et nous dépouillèrent.

« Après quoi, comprenant qu'ils n'avaient rien à tirer de mes matelots, ils les massacrèrent. Quant à moi, ils résolurent de me torturer pour me faire signer une lettre de change sur mon banquier de Sydney ! Je refusai, naturellement ! Ils m'auraient plutôt tué, les rascals !

« Ce n'est pas pour quelques milliers de livres sterling, remarquez-le, que je refusai, mais parce que ce serait indigne d'un gentleman de céder à de pareilles brutes...

— D'autant plus, ajouta Doguereau, que rien n'aurait empêché ces braves gens de vous massacrer après que vous leur auriez donné satisfaction !

— Vous n'êtes pas sot, master Doguereau ! fit le capitaine Jack Benham. Mais j'ai bien soif, vous savez !

— On y va ! affirma l'ancien sergent. Arrive, Selim, nous allons fouiller la bicoque.

Les deux amis, ayant rapidement rechargé leurs armes, sortirent, et, après avoir traversé l'allée centrale, pénétrèrent dans la salle publique de l'auberge.

Ainsi qu'ils s'y attendaient, elle était vide. Par mesure de précaution, cependant, Doguereau et son compagnon en examinèrent les moindres recoins, regardèrent sous les bancs et tables, ouvrirent les armoires. Puis ils montèrent à l'étage.

Il se composait de trois pièces : deux servaient de chambre pour les voyageurs de passage, lorsqu'ils n'étaient pas assassinés ; la troisième constituait le gîte de Margett.

Un lit de camp, fait de quatre piquets entre lesquels était tendue une toile à voile soutenant une paillasse et deux couvertures brunes, une petite table où étaient posées une cuvette de terre et une cruche, deux chaises branlantes, et un vaste coffre bardé de fer le meublaient.

Ainsi que les deux autres chambres, elle était déserte.

— Il faudrait voir ce que renferme ce coffre ! murmura Doguereau en s'approchant du meuble. Il est fermé... Mais la vieille doit en avoir la clé. Nous nous en occuperons tout à l'heure. Redescendons !

— Il faut apporter à boire au vieux ! observa Selim.

— Diable, j'allais l'oublier ! Ce qui me fait penser que nous n'avons pas encore visité la cuisine... Elle doit se trouver dans l'appentis qui est au bout du couloir central, au rez-de-chaussée.. Allons-y !

Vivement, les deux hommes redescendirent. La cuisine, qui se trouvait bien à l'endroit supposé par Doguereau, était déserte, elle aussi.

L'ancien sergent y prit une carafe ébréchée, pleine d'eau, et un verre qu'il apporta au capitaine Benham. Mais, arrivé auprès du vieillard, il poussa un cri de stupeur et faillit lâcher verre et carafe : Jack Benham était mort ! Un poignard cloué dans sa poitrine indiquait la cause de son trépas.

— Nous avons été joués comme des conscrits ! gronda Doguereau, furieux. Il y a encore des convicts dans la maison, c'est clair !

— C'est la vieille sorcière, sergent ! s'écria Selim. J'en suis sûr !

Sans plus échanger un mot, les deux hommes se précipitèrent dans la cave, et ce fut sans trop d'étonnement qu'ils constatèrent que la mégère n'y était plus.

— Joués par une vieille femme ! grommela Doguereau ; je ne m'en consolerai, je...

Une formidable détonation couvrit sa voix. Comme secouée par un tremblement de terre, la vieille masure sembla osciller sur ses fondations, hésiter, puis, d'un coup, murailles, planchers et toit, s'abattirent les uns sur les autres, comme un château de cartes, et ne formèrent plus qu'une masse de décombres poussiéreux...

Pour vieilles qu'elles fussent, les voûtes de la cave de l'auberge du Nandou étaient solides. C'est à peine si la moitié d'entre elles fléchirent sous le poids de la maçonnerie accumulée et s'écroulèrent.

Doguereau et Selim, par bonheur, étaient encore près de la porte, c'est-à-dire dans un angle du caveau : ils virent pierres et gravats s'abattre autour d'eux sans en éprouver de dommage.

La catastrophe, d'ailleurs, ne dura que quelques secondes. Puis, ce fut le silence, le silence étrange qui suit les grands ébranlements.

Doguereau, est-il besoin de le dire, n'avait point perdu son magnifique sang-froid.

— La vieille est plus forte que nous le croyions ! grommela-t-il. Car, c'est elle, sans doute aucun, qui a fait sauter la baraque par-dessus nous, afin de nous ensevelir sous ses ruines.

— Je vous le disais bien, sergent, que c'était un *djin* malfaisant, cette vieille ! fit remarquer Selim en hochant la tête.

Doguereau et Selim, par bonheur, étaient encore près de la porte, c'est-à-dire dans un angle du caveau; ils virent pierres et gravats s'abattre autour d'eux sans éprouver de dommages.

— *Djin* ou pas, je lui conseille de ne pas me tomber sous la patte, car je me charge de l'envoyer chez Satan, son digne patron ! maugréa l'ancien sergent. Mais, allons au plus pressé ! Avant tout, il faut sortir d'ici, car ce monstre est capable de nous préparer d'autres surprises !

Doguereau regarda autour de lui : la cave n'était plus que décombres. Bouteilles, barils, pierres et plâtras étaient accumulés entre les murs croulants.

Les blocs de pierre formant les marches de l'escalier descellés par la secousse de l'explosion, arrachés de leurs alvéoles, s'étaient entassés les uns sur les autres, obstruant la seule issue dont auraient pu se servir les deux amis.

— Nous voilà de nouveau enterrés ! fit Doguereau. Mais il nous sera plus facile de sortir d'ici que de la grotte. Et...

— Sergent ! Ici ! Regardez ! interrompit Selim.

L'ancien sous-officier tourna la tête dans la direction que désignait l'Egyptien de son bras tendu. C'était au ras de terre : entre les interstices d'une pyramide de pierres accumulées, des rayons lumineux trouaient la pénombre du caveau.

Doguereau, intrigué, se baissa jusqu'à ce que son œil fut devant un des vides restés entre les moellons.

— Extraordinaire ! murmura-t-il Selim ! Fais comme moi et dépêche !

Et l'ancien sergent commença immédiatement d'attirer les pierres à lui et de les lancer dans le petit espace libre restant encore. Selim l'imita.

Les pierres, en équilibre les unes sur les autres, n'étaient pas difficiles à déplacer. Les deux amis, en moins d'une heure, eurent déblayé tout le monceau. Ils parvinrent alors devant un des murs latéraux de l'auberge, que l'explosion avait épargné.

Une brèche irrégulière, large de plusieurs mètres, y avait été découpée par l'explosion. Elle donnait sur un second caveau, intact celui-là, et qu'éclairait une grosse lanterne posée sur le sol.

C'était la lueur de cette lanterne qu'avait aperçu Selim. Sans hésiter, Doguereau pénétra dans ce réduit. Il y vit deux grandes armoires de bois grossier, une table, quelques escabeaux et plusieurs hamacs soigneusement pliés et empilés dans un coin.

Les armoires étaient fermées, mais Doguereau, de la crosse de sa carabine, eut vite fait d'en défoncer les portes. Sa surprise fut grande en constatant qu'elles contenaient tout simplement un assortiment de perruques, de bottes, et de vêtements de toutes sortes : robes de femmes, uniformes de vigilants, de matelots, redingotes de clergymen, habits de toile et de peaux de mouton tels qu'en portaient les bergers ou les chercheurs d'or.

— C'est là, sans doute, où Smithson et ses gibiers venaient se déguiser pour accomplir leurs méfaits ou échapper à la police ! murmura l'ancien sergent songeur. Pour que la vieille Margett n'ai pas hésité à anéantir tout cela, il faut qu'elle ait eu des ordres de Smithson, c'est certain... Ce qui semblerait prouver que les convicts renoncent à leurs opérations dans le pays !

« Seraient-ils devenus riches ? Ou bien veulent-ils aller s'établir ailleurs ? On verra. En attendant, profitons de cette garde-robe, Selim ! Choisis-toi des habits, car les nôtres ont besoin de remplaçants ! Ce sera toujours autant de pris !

Doguereau eut vite fait. En quelques minutes, il se fut débarrassé des loques sordides et dépenaillées qui le recouvraient et les eut remplacées par un veston de cuir souple et une culotte de velours noir toute neuve ; il compléta ce renouvellement par un uniforme d'officier de fusiliers anglais : culotte de drap noir et dolman écarlate.

— Mais c'est joli, sergent ! murmura le naïf Egyptien.

— Sacré conscrit, va ! Tu ne vois pas que tu as pris un uniforme d'officier anglais ? Tu as pourtant eu assez d'occasion de les voir de près, pendant nos campagnes !

« Tu sais juste trois mots d'anglais... Que diras-tu, lorsqu'on t'interpellera ? Ouste ! Enlève-moi ça ! Et sois plus modeste, une autre fois ! Voyez-vous ce clampin qui veut devenir officier tout d'un coup ?

Confus et navré, le pauvre Selim obéit, non sans regrets. Tristement, il troqua le bel uniforme contre de plus modestes vêtements : culotte de ratine et veste de cuir de bœuf.

— Maintenant, faut sortir d'ici ! grommela Doguereau. Il doit y avoir un passage... Cette lanterne qui est là n'y est pas venue seule...

L'ancien sergent saisit le fanal et en examina le récipient : il était aux trois quarts rempli d'huile, signe évident que la lanterne n'était pas allumée depuis longtemps. Quelqu'un était donc venu dans ce réduit immédiatement avant que se produisît l'explosion.

— Parbleu, fit Doguereau, c'est Margett. Elle a dû se débarrasser de ses liens, le diable seul sait comment, et venir ici choisir un déguisement : c'est clair ! Pour aller plus vite, elle n'a même pas pris le temps d'éteindre la lanterne, et elle est allée mettre le feu à quelque mine préparée d'avance.

« Ce qu'il faudrait, c'est rattraper cette mégère du diable ! Mais, pour cela, il faut d'abord sortir d'ici !

La lanterne au poing, Doguereau fit le tour du caveau. Bien qu'ayant résisté à la catastrophe, les murailles étaient crevassées par endroits, mais ces fissures, larges de deux ou trois centimètres à peine, ne pouvaient être d'aucune utilité aux deux amis.

L'ancien sergent, l'ayant constaté, examina le sol, mais sans rien y découvrir de ce qui l'intéressait. Pourtant l'individu, homme ou femme, qui avait allumé la lanterne était sorti par quelque endroit, mais par où ?

Tout à coup, pris d'une inspiration subite, Doguereau courut vers les deux armoires qu'il essaya de changer de place. La première ne bougea pas, mais la seconde, comme si elle eût été fixée sur un pivot, tourna sur elle-même et découvrit l'orifice d'un étroit souterrain percé dans la muraille et qui se continuait sous le sol.

— Selim ! Arrive ! fit Doguereau qui, sa lanterne en main, s'engagea dans le boyau.

Celui-ci était creusé dans de la terre meuble : de distance en distance, des troncs d'arbre l'étançonnaient. L'un derrière l'autre, les deux hommes cheminèrent à pas rapides.

Ils parcoururent environ cinq cents mètres et distinguèrent enfin une lueur grisâtre qui décelait l'orifice extérieur du souterrain. Mais, presque aussitôt, Doguereau trébucha contre un fil tendu en travers du boyau.

Lâchant sa lanterne qui tomba et s'éteignit, il se rejeta lestement en arrière pour retrouver son équilibre, mais une explosion sourde fit soudain trembler la terre : autour des deux amis, tout croula, s'éboula, et ce furent les ténèbres...

Après quelques minutes d'évanouissement, Doguereau reprit ses sens : un des troncs d'arbres servant à soutenir la voûte du souterrain, en retenant les terres au-dessus de l'ancien sergent, l'avait préservé de l'écrasement. Il rouvrit les yeux, et ne vit rien : l'obscurité, autour de lui, était complète.

Tout d'abord, il n'osa bouger, craignant de provoquer un nouvel éboulement. Mais une rapide réflexion le décida à agir : mieux valait, ou en finir de suite, ou risquer de s'en tirer.

Doucement, il se retourna. Sa tête, qu'une pierre avait rudement heurtée — ce qui avait produit son évanouissement — lui semblait aussi pesante que si elle eût été de plomb.

Il réussit pourtant à se mettre à genoux, étendit les mains, et sentit la grosse poutre qui l'avait préservé de la mort, puis, tout contre, plusieurs énormes pierres en équilibre les unes sur les autres, et que la pression des terres maintenait.

Avant de commencer quoi que ce fût, Doguereau, se souvenant de son compagnon, l'appela :

— Selim ! Selim !

Sa voix, étouffée par le peu d'espace, n'obtint pas de réponse. Que faire ? L'Egyptien, sans doute, était mort, n'ayant pas eu la même chance que son ami. Il ne restait qu'à le venger. Pour cela, il fallait vivre, et sortir de ce trou.

Doguereau doucement ébranla les pierres et réussit à tout faire tomber sans provoquer d'éboulement, ce qui lui permit de se mouvoir avec plus de facilité.

Son poignard, heureusement, était resté à sa ceinture ; il s'en servit pour creuser la terre autour du rondin de bois qui l'avait préservé. La besogne alla vite.

En quelques minutes, Doguereau put se tenir debout. Il ne s'en acharna qu'avec plus d'ardeur à sa tache. Mais, tout à coup, la pointe de son poignard rencontra quelque chose de mou, et il lui sembla entendre un faible cri.

Il tressaillit et, de sa main libre, voulut se rendre compte de ce qui advenait. La chose molle n'était autre que la partie la plus charnue d'un être humain, lequel être humain se dénommait Selim et venait de manifester son déplaisir par le faible cri perçu par Doguereau.

— C'est toi, Selim ? demanda l'ancien sergent, n'osant en croire ses oreilles.

— Oui, sergent... c'est moi... je... ne... peux... pas... bou... ger !

— Courage, conscrit ! Je vais te dégager !

Et, pris d'une véritable frénésie, Doguereau recommença à fouiller la terre. Après deux heures d'efforts, il parvint à sortir l'Egyptien de la gangue d'humus où il était enfoui.

Selim raconta alors qu'à demi étouffé sous le poids des terres il s'était évanoui jusqu'au moment où la pointe du poignard de son ami l'avait rappelé à la réalité.

— Le plus dur est fait, affirma l'ancien sergent. Nous sortirons d'ici, et nous ferons payer cher à la vieille et à ses complices leur diabolique astuce !

« La mégère, car c'est elle qui a tout machiné, j'en suis sûr, n'avait décidément rien laissé au hasard ! Tout cela était prévu excepté que nous survivrions ! Mais rira bien qui rira le dernier !

« A l'ouvrage ! conclut Doguereau. Il faut sortir d'ici au plus vite... Nous ne devons pas, du reste, être loin de la surface du sol... Place-toi auprès de moi, et creuse !

Le pauvre Selim, il faut le dire, était plutôt mal en point. Les terres, en s'éboulant sur lui, l'avaient passablement froissé, c'était tout juste s'il n'avait pas eu les côtes enfoncées.

Pourtant, il tira son poignard et se mit au travail sans même grogner. La terre n'était pas trop dure, heureusement. Après plusieurs heures d'efforts, les deux amis finirent par atteindre la portion intacte du souterrain.

Ils la franchirent en quelques minutes et débouchèrent entre deux blocs de rocher, parmi un épais fourré de fougères arborescentes.

— Sais-tu, Selim, avoua Doguereau, dès qu'il fut dehors, que j'ai bien cru que nous y resterions !

— Moi aussi, sergent ! Et, sans vous, j'y serais bien resté, vraiment ! Mais cette vieille sorcière nous le paiera cher, allez !

— Espérons-le ! Pour moi, j'y compte !

Ce disant, l'ancien sous-officier se dirigea vers la route dont il apercevait un fragment entre les rocs. Suivi de Selim, il l'eut bientôt atteinte et se trouva à une centaine de mètres des décombres de l'auberge du Nandou.

De la vieille bâtisse, un fragment de muraille latérale était seul debout. Le reste formait un monceau de débris noirâtres d'où émergeaient quelques poutres calcinées. Des lambeaux de fumée grise flottaient au-dessus des décombres.

— L'explosion a été suivie d'un incendie ! grommela Doguereau. Il ne reste rien du repaire des convicts. Ne perdons pas notre temps ici... Hélas, voilà qu'il est au moins six heures... Et c'est cette nuit, je crois, que les bandits doivent attaquer la diligence sur la route de Ballarat ! Nous n'y serons pas. Arrive, Selim !

A grands pas, Doguereau marcha vers ce qui avait été l'auberge du Nandou. Flanqué de l'ex-mameluk, il n'en fut bientôt plus qu'à quelques mètres et le laissa derrière lui.

Le soir tombait ; encore quelques minutes et ce serait la nuit. Les deux amis hâtèrent le pas, et, en peu d'instants, eurent perdu de vue les ruines de la sinistre auberge.

Malgré la nuit, Doguereau et son compagnon, bien qu'ils fussent complètement fourbus, continuèrent à marcher : l'ancien sergent, en effet, tenait à arriver le plus vite possible à un centre habité, afin d'essayer de savoir ce que devenaient Smithson et sa bande.

Il était trop tard, maintenant, pour empêcher les bandits d'accomplir leurs criminels projets contre la diligence emportant le produit des mines d'or de Darlington puisque, d'après ce que Doguereau avait cru comprendre, c'était cette nuit même que les convicts comptaient tenter leur coup.

Il faisait nuit noire depuis longtemps lorsque, soudain, les deux amis, qui marchaient toujours, s'arrêtèrent en entendant un roulement de voiture dans le lointain.

Ils se trouvaient maintenant au milieu d'une vaste plaine où croissaient de hautes herbes parmi lesquelles de rares bouquets d'arbres se dressaient.

— Enfin, on va voir des êtres humains qui ne soient pas des bandits ! s'exclama Doguereau. Ils nous diront où nous sommes !

— Ce n'est pas malheureux ! soupira Selim. J'ai de plus en plus faim, vous savez, sergent ! Je voudrais bien arriver à un village pour manger !

— Je comprends cela, affirma l'ancien sous-officier, qui était au moins aussi affamé et aussi fatigué que son compagnon.

Les deux hommes s'assirent sur un renflement de terrain, au bord de la route. La voiture se rapprochait avec rapidité. Doguereau et Selim purent peu après l'apercevoir.

C'était un vaste cabriolet attelé de deux chevaux placés en pointe, l'un derrière l'autre. Elle ne portait aucune lanterne, suivant la coutume de l'époque, les lumières ne servant qu'à signaler les véhicules à l'attention de messieurs les voleurs de grand chemin, lesquels ne manquaient pas en Australie.

Lorsque la voiture ne fut plus qu'à une centaine de mètres, Doguereau se dressa et alla se placer au milieu de la route, afin d'être vu.

Mais il arriva une chose qu'il n'attendait pas. L'un des deux hommes qui étaient dans le véhicule se dressa et grogna :

— Au large, rascal, ou je te casse la tête !

Doguereau ne s'émut pas. La méfiance du voyageur, somme toute, était naturelle et justifiée.

— Arrêtez ! cria-t-il. Je ne veux qu'un renseignement !

— Une balle dans les tripes, oui ! fit l'homme qui avait déjà parlé ; mais son compagnon, qui tenait les rênes, ralentit aussitôt l'allure des chevaux et demanda en se dressant de son siège :

— Voyons ! Que voulez-vous ?

— Simplement savoir où nous sommes ! répondit Doguereau. Nous avons été enlevés par les convicts de Smithson et venons de nous évader ! nous voudrions savoir si nous sommes loin d'une ville...

— Vous êtes ici sur la route de Ballarat à Sydney, et le village le plus proche est Nobalong... Quant à votre Smithson, il vient d'arrêter la diligence de Ballarat et d'en assassiner les voyageurs... Nous sommes à la recherche d'un médecin ! Bonsoir, gentlemen !

Et, avant que Doguereau ait pu répliquer, l'homme enveloppa ses chevaux d'un ample coup de fouet. La voiture repartit au triple galop.

— En voilà un butor ! grommela l'ancien sergent. Enfin, nous sommes toujours un peu renseignés... excepté que nous ne savons pas si ce village de Nobalong se trouve devant ou derrière nous ! A part cela !... Enfin, peu importe !

« Ce qu'il y a de sûr, c'est que la diligence a été arrêtée et pillée dans la direction d'où venait la voiture... Allons-y voir ! J'ai idée que nous découvrirons des choses intéressantes. En tous cas, cela nous permettra sans doute de retrouver les traces de Smithson et consorts, et c'est le principal ! Par le flanc gauche, marche !

Les deux amis reprirent leur route.

Doguereau était tout joyeux. Mais Selim, plus prosaïque, pensait qu'il aurait bien voulu se reposer et manger ; mais il n'osait rien dire...

Une heure durant, l'ancien sous-officier et son compagnon cheminèrent dans la nuit. Ils distinguèrent enfin dans le lointain deux feux qui brûlaient non loin de la route.

— Ce doit être nos gens ! fit Doguereau en hâtant le pas à tel point que le pauvre Selim dut faire appel à toutes ses forces pour ne pas rester en arrière.

Quelques minutes plus tard, les deux hommes arrivèrent à la hauteur des deux feux. L'un était constitué par la diligence elle-même qui flambait ; le second foyer se composait d'une cabane de branchages construite non loin de la route par quelque berger pour s'abriter, et qui avait servi aux ennemis pour s'y dissimuler en attendant le passage de la diligence.

Autour de ces bûchers, une douzaine de personnes étaient étendues sur la terre sèche. Doguereau s'en approcha et s'aperçut avec horreur que la plupart étaient déjà mortes.

Ceux qui vivaient encore n'en valaient guère mieux. Quelques-uns gémissaient, d'autres poussaient de profonds soupirs ou râlaient. Il y avait là deux femmes, mortes, et onze hommes.

Tous avaient, soit la gorge tranchée, soit la poitrine percée. L'ancien sergent, ému malgré son habitude des champs de bataille, s'approcha d'un robuste gaillard qui ne s'interrompit de souffler bruyamment que pour cracher des gorgées de sang.

— Ce sont les convicts qui vous ont arrangés ainsi ? demanda Doguereau.

L'homme se souleva péniblement et regarda l'ancien sous-officier. Doguereau retint un haut-le-corps : la face du blessé, éclairée par les hautes flammes voisines, respirait une haine si atroce qu'elle en était épouvantable.

— Laissez-moi tranquille ! hoqueta l'inconnu, farouchement.

Doguereau crût que le malheureux le prenait pour un complice des convicts.

— Je suis ici pour vous venger ! Ne le comprenez-vous donc pas ? dit-il. Je suis moi-même une victime de Smithson et sa bande, et je ne demande qu'une chose, c'est de savoir ce qu'ils sont devenus ! Ne pouvez-vous pas me renseigner ?

L'homme eut un rire sardonique :

— Oui, je peux vous renseigner, car j'étais un des convicts de la bande des *Ten Pounds*... Je vous reconnais maintenant ! Vous êtes Doguereau ! On vous croyait mort, nous autres ! Mais c'est le diable qui vous envoie ! Ecoutez-moi bien... Oui ! le guet-apens a été préparé par la vieille Margett et Smithson... Ah ! Tout a bien marché !

« Margett nous a rejoints ce soir, après vous avoir fait dégringoler l'auberge sur la tête... Vous l'aviez laissée ligotée dans sa cave, mais elle avait un chien qui a rongé ses liens : il était dressé...

« Mais peu importe ! Ecoutez ! Les voyageurs se sont défendus, vous comprenez ? Et j'ai été blessé... alors, Smithson et Ballardy, pour n'avoir pas à partager, m'ont achevé... Ils ont profité de ce que les camarades étaient occupés à *arranger* les voyageurs pour me faire subir le même sort... Je vais y passer, c'est réglé, mais je

— Je vais y passer, c'est réglé, mais je mourrai content, sachant ma vengeance assurée... Ecoutez-moi bien!

mourrai content, sachant ma vengeance assurée...

« Ecoutez-moi bien ! Smithson...

L'homme s'interrompit ; il eut un violent hoquet, parut prêt à s'évanouir, mais une énergique réaction de tout son être le galvanisa et il poursuivit :

— Smithson et les autres vont abandonner le pays qui n'est plus sûr... C'est pour cela que Margett a fait sauter l'auberge !... Ils veulent entreprendre d'autres affaires, vous comprenez !

Un nouveau hoquet interrompit le convict dont la voix baissait.

— Quelles affaires ? demanda Doguereau, haletant et craignant que l'homme ne passât avant d'avoir achevé sa confession.

— Je ne sais pas... au juste... mais c'est à la... Ah ! je meurs ! Chien immonde de Smithson ! Puisses-tu crever comme moi !

— Parlez ! s'écria l'ancien sergent. Qu'avez-vous voulu dire ?

— Ah ! oui ! hoqueta le misérable. Smithson et les autres... Ils sont partis pour la baie de... de... Jervis ! Souvenez-vous : *Jervis !*

— La baie de Jervis ! répéta Doguereau.

— Oui. Mais, il faut y aller vite si vous voulez les... Ah !...

Ayant usé ses dernières forces et préparé sa vengeance, le convict venait de laisser échapper sa vie : il retomba en arrière, mort.

— Ma foi, le hasard souvent fait bien des choses ! murmura Doguereau, satisfait. Selim ! Arrive ! On repart !

L'ancien sergent, en effet, ne pouvait être d'aucune utilité aux moribonds épars sur le sol. Il ne lui restait qu'à essayer de châtier leurs lâches assassins.

Il se mit en marche aussitôt, précédant le pauvre Selim qui traînait lamentablement la patte. Il ne savait pas où il allait : mais peu importait, il finirait bien par arriver dans un village où il se ferait indiquer la direction de cette baie de Jervis.

Le reste irait de soi. Pendant tout le reste de la nuit, Doguereau et Selim avancèrent sur la route de Ballarat. Malgré la hâte de l'ancien sergent, ils marchaient lentement : Doguereau étant obligé de régler son pas sur celui de son compagnon, lequel traînait lamentablement la patte.

La route, de plus, était franchement mauvaise ; c'était une large piste coupée de fondrières et qu'une épaisse couche de poussière recouvrait.

Mais Doguereau ne s'en apercevait seulement pas ; toutes ses pensées étaient concentrées sur cette mystérieuse baie de Jervis où le convict mourant lui avait affirmé que Smithson et sa bande allaient se rendre.

Pour quoi faire ? Mais c'était clair ! Le convict avait déclaré que les *Ten Pounds* allaient abandonner le pays. Donc s'ils gagnaient la baie de Jervis, c'était pour s'y embarquer.

A cette pensée, Doguereau frémit en songeant que peut-être les bandits arriveraient avant lui et disparaîtraient à jamais sans qu'il ait aucune chance de les retrouver.

— Selim ! Avance, clampin ! grogna-t-il.

— Ser... gent... je n'en puis plus... je dors debout ! gémit l'Egyptien.

— Je vais te secouer les puces, moi ! Du nerf, par les cent mille diables ! Crois-tu que je sois moins fatigué que toi, moi ?

— Mais...

— Ça va bien ! Si tu ne peux plus marcher, je vais te porter ! Ne bouge pas !

Et Doguereau s'approcha de l'ex-mameluk qui recula et s'exclama :

— Ça, jamais, sergent ! Je marcherai, allez ! Je... me sens déjà mieux !

— On va voir ça ! Pense que ces chiens de convicts ont une grande avance sur nous et qu'ils peuvent nous échapper si nous ne nous hâtons pas ! En avant, marche !

Les deux amis accélérèrent le pas. Doguereau, pris d'une idée subite, courut à un arbre qui croissait au bord du chemin et, à l'aide de son poignard, coupa un gros bâton qu'il fit passer à Selim. Celui-ci, grâce à cet appui, parvint à maintenir son allure.

Les premières lueurs du jour permirent aux deux hommes d'apercevoir les bâtiments d'un *ranch* (ferme anglaise) situé non loin d'un étroit ruisseau.

Déjà les habitants en étaient réveillés. Trois d'entre eux, à cheval, poussaient devant eux un immense troupeau de moutons. Doguereau, flanqué de Selim, se dirigea vers les cavaliers.

Ceux-ci, à la vue des nouveaux venus, eurent un même mouvement pour saisir les rifles qu'ils portaient en bandoulière et les épauler.

— Décidément, la confiance ne règne pas dans ce charmant pays ! grommela l'ancien sergent qui, en signe d'amitié, leva les bras, tout en continuant à avancer.

Les cavaliers ne bougèrent pas, et attendirent, leurs rifles prêts à faire feu.

— Nous voudrions seulement acheter, si possible, de quoi manger ! cria Doguereau. Nous paierons d'avance !

— Qui êtes-vous ? demanda un des cavaliers.

— Des commerçants de Sydney ! mentit Doguereau. Nous étions dans la diligence de Ballarat qui a été attaquée cette nuit par des convicts, et avons pu nous sauver à grand'peine...

Les trois cavaliers se regardèrent d'un air incrédule : évidemment, ils ne croyaient pas un mot de ce que venait de leur dire Doguereau.

— On va vous donner un gigot et des galettes, dit enfin l'un d'eux après avoir consulté ses compagnons. Pas besoin de nous payer, mais qu'on ne vous voie plus rôder dans les environs du ranch, autrement ce sera une balle dans la peau, *without warning*. (Sans avertissement.)

— Vous nous prenez pour des convicts, peut-être ? grommela Doguereau, en haussant les épaules. Tant pis ! Nous ne vous en remercions pas moins pour le gigot et les galettes... Pouvez-vous nous dire où se trouve la baie de Jervis ?

— La baie de Jervis ? maugréa le cavalier. Que voulez-vous y trafiquer ?... Au fait, cela ne nous regarde pas ! l'essentiel est que vous déguerpissiez ! La baie de Jervis est à soixante milles dans le sud-est d'ici.

— Soixante milles ? C'est loin ! fit l'ancien sergent de la Grande-Armée. Si nous avions des chevaux...

— Vous comptiez peut-être vous en fournir ici ? gouailla le cavalier. On la connaît !

— Pourquoi pas ? demanda Doguereau. En payant, naturellement !

Et, ce disant, l'ancien sous-officier

tira son portefeuille et y prit une liasse de bank-notes.

— Elles viennent de la diligence, hein ? murmura le cavalier, ironiquement.

— Ah çà, il suffit, hein ? gronda Doguereau, à qui la patience échappait de se voir pris pour un voleur. Je suis un honnête homme, et ces bank-notes sont à moi. Si vous croyez le contraire, je vous prierai de soutenir votre point de vue en vous plaçant à quarante pas de moi avec votre carabine, et moi la mienne. Vous comprenez !

L'homme pâlit et fit un mouvement pour lever son rifle, mais Doguereau l'imita instantanément.

— Allons, Johnny, fit un deuxième cavalier en s'interposant, rien ne prouve que ce gentleman ne soit pas honnête...

« Que voulez-vous, mister, nous voyons tant de bandits ici, continua-t-il en s'adressant à l'ancien sergent, que nous avons le droit d'être méfiants. Pas plus tard qu'hier, on nous a enlevé plus de vingt moutons... Enfin, tout peut s'arranger. Vous voulez des chevaux ? C'est vingt livres la pièce, quarante livres les deux. Si ce prix vous va, je vais aller vous en chercher une paire... ou plutôt, venez avec nous : nous déjeunerons ensemble et vous viendrez ensuite choisir les animaux !

— Affaire faite ! déclara l'ancien sous-officier de la Grande-Armée, calmé. Arrive, Selim !

Au côté des trois cavaliers, Doguereau et son compagnon s'engagèrent dans une large allée plantée d'eucalyptus qui les mena devant un bâtiment du ranch.

Après que les trois hommes furent descendus de cheval, ils menèrent leurs hôtes dans une vaste salle sommairement meublée d'une longue table rectangulaire, de quelques sièges grossiers et d'une grande armoire.

— Blavock ! cria un des inconnus, apporte-nous à manger et vite ! Ces gentlemen sont pressés !

Un jeune noir, qui était aussitôt apparu, s'éclipsa, non sans avoir curieusement regardé les étrangers.

Doguereau et Selim, qui s'étaient assis devant la table à l'imitation de leurs hôtes, apprirent qu'ils se trouvaient au ranch de Loogong, et que les trois cavaliers, qui étaient frères, en étaient les propriétaires.

Le jeune nègre réapparut bientôt. Il déposa sur la table un jambon, un gigot rôti, des légumes, plusieurs boîtes de confitures arrivant d'Angleterre, et une demi-douzaine de bouteilles d'ale (bière anglaise).

Ces victuailles furent rapidement englouties. L'appétit de Doguereau stupéfia et remplit d'admiration les propriétaires du ranch.

Mais les plus belles choses ne durent pas... Les plats ayant été nettoyés, les cinq hommes, après une dernière rasade de whisky, se dirigèrent vers les écuries où Doguereau et Selim se choisirent chacun une monture qui fut immédiatement payée.

— Et maintenant, gentlemen, déclara l'ancien sergent, après avoir enfourché son cheval sellé par les soins du jeune noir, il ne nous reste plus qu'à vous remercier de votre bienveillante hospitalité...

— ... bien que nos relations aient plutôt mal commencé ! fit l'aîné des trois frères. Au reste, peu importe, et c'est de tout cœur que nous vous souhaitons bonne chance dans l'entreprise qui vous fait aller à la baie de Jervis. Si vous y restez quelques jours, nous nous y reverrons, car je dois m'y rendre après-demain avec mes frères pour y saluer un de nos cousins qui s'y embarque pour la Nouvelle-Zélande.

« D'ailleurs, je dois vous avouer que notre défiance envers vous — qui est heureusement disparue — vient justement de ce que vous nous avez demandé où était la baie de Jervis... Mon frère a pensé que vous aviez un but en nous faisant cette question...

Doguereau ne répondit pas. Il était perplexe. Devait-il révéler le but de son voyage à la baie de Jervis, ou se taire ? D'autre part, n'y avait-il pas un lien entre la présence des convicts dans la baie et le départ de ce navire qui devait cingler vers la Nouvelle-Zélande ?

Doguereau se le demanda. Prudemment il reprit :

— C'est un endroit fréquenté, que cette baie de Jervis ?

— Oh ! non ! Mais la baie est bien abritée et il arrive que des navires en profitent pour venir y faire de l'eau. C'est assez rare, d'ailleurs. Et je me demande même pourquoi le *Petrel* y va, au lieu de se rendre tout bonnement à Sydney...

— Le *Petrel ?* questionna Doguereau. C'est sans doute le nom du bâtiment sur lequel s'embarque votre cousin ?

— Oui ! Et... Vous devez sans doute vous y embarquer aussi ?

— Non, mais nous voulons assister à son départ, car plusieurs de nos amis partent avec ! affirma Doguereau.

— Alors, vous avez le temps... Vous pourriez partir en même temps que nous d'ici...

Doguereau, dissimulant son embarras, déclina cette proposition en affirmant que ses amis l'attendaient avec impatience.

Son hôte n'insista pas. Pendant encore quelques instants, la conversation continua. Doguereau apprit ainsi que le cousin des trois ranchmen se nommait David Sheldon et se rendait en Nouvelle-Zélande pour s'y consacrer à l'élevage.

Puis, après une cordiale poignée de mains, Doguereau et Selim prirent congé de leurs hôtes. En quelques minutes, ils eurent perdu le ranch de vue.

Selim, ranimé par le bon repas qu'il venait de faire, ne parlait plus de dormir. Toute la journée, les deux amis filèrent à travers l'interminable *büsch* australien, morne plaine où ne poussaient que des arbustes rabougris.

A la nuit, ils couchèrent dans un ranch, dont les propriétaires, moins méfiants que ceux qui avaient vendu les chevaux, leur offrirent une aimable hospitalité sans leur poser de questions gênantes.

Au matin, ils se remirent en route, et, un peu avant midi, distinguèrent la mer à l'horizon. Ils firent presser le pas à leurs montures et, deux heures plus tard, arrivèrent au sommet d'une falaise rocheuse qui surplombait une large crique abritée de la houle du large par une ligne de récifs coralligènes.

Au centre de ce havre naturel, retenu par ses deux ancres, un petit brick de deux cents tonneaux environ, tout blanc, se balançait doucement sur l'eau bleue.

Simon Doguereau, lestement, sauta à bas de son cheval dont il lança la bride à Selim, puis, s'étant avancé jusqu'au bord de la falaise, il plaça une main au-dessus de ses yeux et examina attentivement le navire inconnu.

C'était un brick : sa mâture, gréée à neuf, était vernie et garnie de toutes ses voiles, lesquelles étaient suspendues à leurs cargues, prêtes à être établies.

Sur son pont, une vingtaine de marins se livraient à des travaux divers ; les uns lavaient les embarcations, d'autres fourbissaient les cuivres ou réparaient des voiles déchirées.

Somme toute, ce bâtiment avait l'aspect d'un honnête navire qui n'a rien à cacher. Le pavillon anglais claquetait à sa corne d'artimon et aucun canon ne se voyait, pas plus sur le pont que par les sabords ouverts de la batterie.

— Ce doit être le *Pétrel* dont nous ont parlé les ranchmen qui nous ont vendu les chevaux, murmura l'ancien sergent en se rapprochant de son compagnon. Mais quel rapport peut-il y avoir entre ce brick et les convicts de Smithson ? Ces gens-là n'ont en rien l'aspect de pirates... quoique tout ce qui brille n'est par or...

— Il ne brille pas, ce bateau, sergent ! fit observer Selim.

— C'est une manière de parler, mon vieux, expliqua Doguereau. Je veux dire que les apparences, comme tu sais, sont trompeuses... Faut éclaircir cela... Arrive, nous allons aller là-bas aux renseignements !

Et l'ancien sergent de la Grande-Armée désigna de son bras tendu un petit village composé d'une douzaine de bicoques qui s'étendait au fond de la crique, dans une dépression de terrain entre deux falaises.

CHAPITRE III

« AU VRAI WHISKY D'ÉCOSSE »

Doguereau remonta sur son cheval et les deux amis, au petit trot, se dirigèrent vers l'agglomération. Ils y furent en quelques minutes et s'arrêtèrent devant une des bicoques au-dessus de la porte de laquelle un panneau de bois écaillé portait ces mots tentateurs :

AU VRAI WHISKY D'ÉCOSSE

Tenu par Jim Gilping.

Doguereau allait descendre de cheval lorsqu'un gros homme, à l'encolure de taureau surmontée d'une face violacée par l'abus du « vrai whisky d'Ecosse » ou d'un autre whisky, apparut dans l'encadrement de la porte. Il regarda autour de lui, et, ayant constaté que l'unique ruelle du village était déserte, chuchota :

— *Good bye, old chums !* (Bonjour, vieux copains). Vous venez de la part de Joë, hein ?

Doguereau réprima un tressaillement : il se souvenait que Smithson se prénommait Joë :

— Ma foi, oui, dit-il tranquillement.

Le gros homme essaya de grimacer un sourire :

— Foi de Gilping, ricana-t-il, je ne vous attendais qu'après-demain, vous savez ! Toujours en avance, alors ! Et l'affaire de la diligence, elle a... Mais suffit ! Donnez-moi vos chevaux que je les mette à l'abri : on parle toujours de trop !

Sans mot dire, Doguereau et Selim mirent le pied à terre. Le gargotier saisit les brides des deux chevaux et les entraîna dans la direction d'un petit appentis adossé à la masure.

Doguereau et son ami en profitèrent pour pénétrer dans le cabaret. L'intérieur se composait de quelques tables flanquées chacune de deux bancs parallèles, le tout solidement fixé au sol.

Gilping revint presque aussitôt et ferma la porte derrière lui d'un tour de clé.

— Il ne viendra personne aujourd'hui ! expliqua-t-il. Les bonnes gens sont à la pêche ; quant aux marins du brick, ils ne descendent à terre que le dimanche...

« Ce capitaine est un vrai idiot ! C'est un Gallois... Il a des idées de l'autre monde ; par exemple, il veut empêcher ses matelots de boire un coup ! Si c'est pas malheureux ! On lui fera son affaire quand même, allez, *old chums !*... Du whisky ou du gin ?

— Whisky ! déclara Doguereau, brièvement.

Jim Gilping s'inclina. Il marcha vers une armoire branlante dont il retira une bouteille verdâtre et trois verres qui n'avaient pas dû être nettoyés depuis bien longtemps...

Gilping, s'étant assis, remplit les trois récipients :

— A notre bonne réussite ! dit-il en levant son verre.

— A notre bonne réussite ! répétèrent Doguereau et Selim.

Ils ne savaient pas de quelle réussite il s'agissait, mais, à en juger par la mine du gargotier, ce ne devait pas être la réussite d'une honnête affaire, sûrement.

Gilping, cependant, ayant vidé son verre, d'un trait, comme il se devait, le remplit à nouveau, appuya ses coudes sur l'épaisse table, plaça ses grosses joues entres les paumes de ses mains poilues, et grogna :

— Et alors, l'affaire de la diligence a bien réussi ?

— Admirablement ! répondit Doguereau, sans se compromettre.

— Combien ? demanda Gliping.

— Beaucoup ! affirma l'ancien sergent.

Gilping hocha son énorme tête :

— Dix mille livres, au moins, hein ?

— Plus ! déclara Doguereau. Mais Smithson te le dira mieux que moi, et mon seul souhait est que notre *nouvelle affaire* nous contente autant que celle-là !

Doguereau parlait ainsi pour essayer de savoir en quoi consistait cette « nouvelle affaire » qu'il ignorait totalement. Gilping tomba dans le piège.

— Elle réussira sûrement ! grogna-t-il en lampant son deuxième verre de whisky. Pas de danger qu'elle rate ! Le capitaine du brick, je te l'ai dit, est un idiot complet... on en fera ce qu'on voudra ! Du reste, tout est prévu. J'ai...

Gilping, soudain, s'interrompit et sursauta : un coup de sifflet venait de retentir dans le lointain. Oh ! un coup de sifflet très léger, mais suffisamment perceptible, pourtant.

— *Bloody fools !* (Sanglants farceurs !) exclama le cabaretier. Vous ne m'aviez pas dit que Smithson et les autres allaient si vite arriver !

Jim Gilping, qui s'était levé, fit un pas vers la porte. Mais Doguereau se plaça devant lui :

— Lève les bras, ou tu es mort ! l'avertit Doguereau.

— Une minute, mon vieux Gilping ! fit l'ancien sergent. Avant de sortir d'ici, faut s'expliquer. Tu vas me faire le plaisir de nous suivre hors de la cabane : j'ai à te parler !

— Qu'est-ce que c'est ? grommela le cabaretier, surpris et menaçant. Laisse-moi passer, par le diable, ou...

Doguereau, sans s'émouvoir, saisit l'homme par le bras et serra si fort que Gilping, blêmissant, poussa un hurlement de douleur :

— Laisse-moi ! Laisse-moi ! gronda-t-il en étendant sa main libre vers le large poignard suspendu à sa ceinture.

— Lève le bras, ou tu es mort ! l'avertit Doguereau.

Et ce n'était point là une menace vaine, car Selim, qui s'était levé, tenait déjà son poignard tout prêt à fonctionner.

Jim Gilping le comprit. Sa face violette devint presque noire de rage, et il haleta d'une voix rauque :

— Enfin, que me voulez-vous ?

— On te le dira tout à l'heure ! Mais, avant tout, que tu ne communiques pas avec Smithson ! Selim ! Prends la corde de la fenêtre et liemoi solidement et vite les mains de cet aimable garçon !

L'ex-mameluk ne se fit pas répéter cet ordre. En peu de secondes, il eut arraché la cordelette qui servait à hisser le châssis de l'unique fenêtre de la devanture et s'en servit pour lier les bras du gros cabaretier le long de son torse.

— Très bien, fit l'ancien sergent. Maintenant, jette-lui son manteau, qui est accroché là, sur le dos, afin qu'on ne s'aperçoive pas que notre gaillard a les mains ficelées. Et en route !

Selim, d'un bond, s'approcha de la muraille où diverses hardes étaient suspendues. Il y décrocha un vaste caban en drap noir devenu roux à force d'usure et le plaça sur le dos de Jim Gilping. Ce dernier ne dit pas un mot : la rage et la fureur l'étouffaient.

— Filons, maintenant ! conclut Doguereau. Selim, je te confie l'oiseau : maintiens-le par le bras, et, à la moindre apparence de fuite, enfonce-lui ton poignard dans le cœur, c'est un complice de Smithson, il ne mérite aucun égard !

Selim inclina la tête, et, sans mot dire empoigna Gilping par le bras et l'entraîna vers la porte que Doguereau alla ouvrir.

La ruelle continuait à être déserte, mais, au sommet d'une des deux falaises dominant la minuscule agglomération, une troupe d'hommes à cheval apparaissait. Doguereau devina que c'étaient Smithson et ses convicts.

— Arrive ! dit-il en se tournant vers Selim qui s'était immobilisé.

L'Egyptien, en silence, entraîna son captif au dehors. Doguereau, donna deux tours à la serrure et mit la clé dans sa poche en pensant que les convicts, en trouvant la porte du cabaret fermée, seraient déconcertés et perdraient du temps à chercher la signification de cet événement.

Cette précaution prise, l'ancien sergent entraîna Selim et son prisonnier vers les rochers épars à la base de la falaise, et qui s'apercevaient à l'extrémité de la ruelle.

En quelques instants, les trois hommes eurent atteint le rivage et, entrant dans l'eau jusqu'aux genoux, se glissèrent parmi les rocs.

Jim Gilping continuait à garder le

silence et marchait docilement au côté de Selim.

— Nous allons chercher quelque coin où nous serons à l'abri des regards, expliqua Doguereau à son ami, sans cesser d'avancer, et nous interrogerons à l'aise ce gaillard !

— Compris, sergent !

Les trois hommes continuèrent leur marche, mais elle devint bientôt très difficile : le fond était de plus en plus inégal. A un certain moment, Doguereau, qui précédait Selim et Gilping, n'eut que le temps de se retenir pour ne pas glisser dans un trou profond de plusieurs mètres. Il s'arrêta et regarda autour de lui.

Les trois hommes maintenant, étaient parvenus à l'extrémité nord de la ligne de falaises qui entourait la crique, soit à un bon kilomètre du village.

— Asseyons-nous ici, fit Doguereau en désignant un bloc de corail qui affleurait la surface de l'eau entre plusieurs têtes de rochers ; personne ne pourra nous voir !

Il fut immédiatement obéi : Selim, aussi bien que Jim Gilping, épuisé par cette marche difficile, ne demandaient qu'à se reposer.

— Là ! fit l'ancien sergent, dès qu'à son exemple l'ex-mameluk et le prisonnier se furent installés ; maintenant, on va s'expliquer. Toi, maître Gilping, tu vas me raconter exactement, dans tous ses détails, en quoi consiste l'affaire qui amène ici la bande des *Ten Pounds*, sinon, tu comprends le sort qui t'es réservé, hein ?

Et, d'un geste significatif, Doguereau désigna l'eau bleue.

Le cabaretier eut un frisson et grogna :

— Je ne sais rien, moi ! Je ne comprends pas ce que vous me voulez !

Doguereau eut un léger tressaillement, si léger que Jim Gilping ne s'en aperçut pas et en conclut que sa réponse en avait imposé aux deux amis. Au vrai, Doguereau était plutôt étonné de l'impudence du cabaretier, mais il était loin de se tenir pour battu.

— Tu ne sais rien, donc, maître Gilping, fit-il ; c'est bien malheureux pour toi, en effet... Car nous allons commencer par te faire boire un peu, histoire de te rafraîchir la mémoire et de te donner une idée du bouillon qui t'attend !... Selim ! Plonge-lui la tête dans l'eau !

Lire la suite de L'HOMME A LA CARABINE dans le volume qui paraîtra la semaine prochaine sous le titre :

CAPTURÉS PAR LES CANAQUES

Nos lecteurs en trouveront le début à la page suivante.

CAPTURÉS PAR LES CANAQU

CHAPITRE PREMIER

GILPING TROUVE SON DESTIN

L'ex-mameluk, instantanément, obéit. Saisissant Gilping par les épaules, il le renversa d'une secousse et s'efforça de lui appliquer la face contre la surface de l'eau.

Le cabaretier, bien qu'il eût les mains liées, était encore redoutable. Ayant réussi à arc-bouter un de ses pieds contre une saillie du bloc de corail, il se redressa si rudement que Selim, lâchant prise, alla rouler dans un creux du rocher rempli d'eau.

Mais Doguereau veillait. D'un bond, il fut sur Jim Gilping qui, déjà, cherchait quelque subterfuge afin de fuir.

Le poing nu, dur comme du fer, de l'ancien sergent, s'abattit sur la grosse face de Gilping qui chancela et tomba en arrière. Mais, ainsi qu'il n'arrive malheureusement que trop souvent, la chance aide la canaille, comme dit le proverbe.

Les bras du cabaretier, qui étaient attachés derrière son dos, raclèrent une saillie du bloc de corail, ce qui eut pour résultat de couper net la corde.

Ainsi qu'on le sait, le corail, bien que plus fragile que le verre, en a la dureté et le coupant, à ce point que des navires, lorsqu'ils heurtent certains hauts fonds madréporiques, ont les tôles de leurs coques découpées.

Jim Gilping, sentant qu'il était libre, poussa un hurlement de fauve. D'une secousse, il se débarrassa de ses liens, puis se redressa et se rua sur Selim qui s'occupait à sortir du trou o[illegible] était tombé et ce n'était pas [illegible] cile.

— Toi, tu vas y passer ! glapit Gilping avec un accent de joie sauvage.

Il se baissa, ramassa un bloc de corail pesant plusieurs kilos et leva la main pour l'abattre sur l'ex-mameluk. Mais, à la même seconde, Doguereau intervint.

Son pied, lancé avec la force d'une catapulte, heurta violemment le bas des reins du cabaretier. Jim Gilping poussa un rauque hurlement, lâcha le morceau de corail, et, étendant les bras en avant, roula en quelque sorte sur lui-même jusqu'à ce qu'arrivé sur l'extrême rebord du banc de corail il disparût dans l'eau.

— Donne-moi la main, que je te tire de là ! grommela Doguereau en s'approchant de l'excavation d'où Selim essayait vainement de sortir.

L'Egyptien étendit son bras ; Doguereau l'attira à lui :

— Sacré Selim, va ! maugréa l'ancien sergent, je te croyais plus vigoureux que cela, tu sais ! Se laisser ainsi démonter par un homme lié ! Tu t'amollis, camarade !

— Sergent, c'est que... voulut expliquer l'ex-mameluk.

Mais Doguereau ne l'écoutait pas : il regardait Jim Gilping qui venait de réapparaître à la surface de l'eau et nageait vers un petit îlot situé à quel[illegible] ques centaines de mètres du rivage.

— Reviens ici, cria Doguereau [illegible] saisissant la carabine, ou je te...

(A s[uivre])

Sceaux. Imp. Charaire.

Le Volume 45 cent. | Le Volume 45 cent.

Collection d'Aventures

TITRES DES VOLUMES PARUS (Suite.)

(Les volumes dont les numéros ne figurent pas dans cette liste sont épuisés.)

N°	Titre	Auteur
306.	La Vengeance du Forçat	J. Moselli.
307.	Les Yeux d'acier	P. Adam.
308	Dans les Eaux polaires	P. Adam.
309.	L'île Mécanique	P. Adam.
310.	La Marche à la Navaja	P. Adam.
311.	Les Aventures de Coucou	G. Choquet.
312.	Le Gouffre aux serpents	G. Choquet.
313.	Les Cœurs-Sanglants	G. Choquet.
314.	Thomas, Balle-Sûre	G. Choquet.
315.	Le Sachem des « Bonnets-Noirs ».	G. Choquet.
316.	La Ville Morte	G. Choquet.
317.	L'Empire de la Sierra	F. d'Argelles.
318.	L'Automobile d'or	F. d'Argelles.
319.	Les Requins du Pacifique	J. Moselli.
320.	Le Trésor de l'Orpheline	J. Moselli.
321.	Les Cannibales des Mers du Sud	J. Moselli.
322.	La Justice des Requins	J. Moselli.
323.	Pédro, le Tueur d'Hommes	G. Choquet.
324.	La Guerre dans la Prairie	G. Choquet.
325.	La Taverne des Chutes	G. Choquet.
326.	Le Nain au Collier du Chien	G. Choquet.
327.	L'Agonie d'une Race	G. Choquet.
328.	Les Drames de l'Amazone	G. Choquet.
329.	Perdu dans la Forêt Vierge	G. Choquet.
330.	Le Château du Lac	G. Choquet.
331.	Brulheim, le Colosse Roux	G. Choquet.
332.	Dans les Ténèbres éternelles	G. Choquet.
333.	Au pays de l'Epouvante	G. Choquet.
334	Le Tour du Monde de Gaspard Bras-de-Fer	M. Mario.
335.	Le Roi du Désert	M. Mario.
336.	Au Cœur du Soudan	M. Mario.
337.	La Maison des Bandits	M. Mario.
338.	Les Chiens Policiers	M. Mario.
339.	Les Naufrageurs de l'air	J. Moselli.
340.	Les Espions de la Mer Jaune	J. Moselli.
341.	La Prison Aérienne	J. Moselli.
342.	Les Etrangleurs de Batavia	J. Moselli.
343.	Le Désert de Boue	J. Moselli.
344.	Le Trésor du Planteur	M. Mario.
345.	La Vengeance du Pèlerin	M. Mario.
346.	Le Sultan du Massaïl	M. Mario.
347.	La Perle de Sumba	J. de Nauseroy
348.	La Taverne de la « Couronne »	J. de Nauseroy
349.	La Barrière de Feu	J. de Nauseroy
350.	Le Trésor du Lac d'argent	J. Aleyrac.
351.	Dans la Prairie « houleuse »	J. Aleyrac.
352.	La Grande Main de Feu	J. Aleyrac.
353.	Le Canon Nocturne	J. Aleyrac.
354.	La Vallée des Cerfs	J. Aleyrac.
355.	L'Ile aux Lingots	Pierre Adam.
356.	Les Hommes Violets	Pierre Adam.
357.	Le Poteau Vivant	Pierre Adam.
358.	Le Prince Nagoudja	G. Choquet.
359.	Les Adorateurs du Serpent	G. Choquet.
360.	Les Assommeurs du Mananpour	G. Choquet.
361.	Le Temple des Tortues	G. Choquet.
362.	La Fosse aux Tigres	G. Choquet.
363.	Le Téléluz	J. Moselli.
364.	Les Diamants du Désert	J. Moselli.
365.	Les Rois du Rifle	Jo. Valle.
366.	Les Condors de la Sierra	Jo. Valle.
367.	Le Vallon du Tonnerre	Jo. Valle.
368.	La Clé d'Argent	A. Romagny
369.	L'Homme Roux	A. Romagny
370.	A Travers le Yunnan	G. Choquet.
371.	Le Défilé d'Enfer	G. Choquet.
372.	La Mine d'Or du Naufragé	J. Aleyrac.
373.	Au fond du puits	J. Aleyrac.
374.	Le Trésor du Corsaire	D. Ramières.
375.	Jehan, le Frivolet	M. Savigny.
376.	Le Reître Rouge	M. Savigny.
377.	Le Nain de Kingstown	R. Préval.
378.	Les Morts Vivants	R. Préval.
379.	Le Bataillon de la Révolte	R. Préval.
380.	La Main noire allemande	G. Mériel.
381.	Les Geôles boches	G. Mériel.
382.	Le Fils du Condamné	Pierre Gallier.
383.	L'Empreinte sanglante	Pierre Gallier.
384.	La Torpille aérienne	A. Romagny.
385.	Chez les Pygmées	J. Aleyrac.
386.	La Forêt souterraine	J. Aleyrac.
387.	Passe-Partout, le petit Eclaireur	F. d'Argelles.
388.	Les Forceurs de blocus	F. d'Argelles.
389.	Le Géant noir	F. d'Argelles.
390.	Le Roi des Forêts	F. d'Argelles.
391.	Le Nègre blanc	F. d'Argelles.
392.	Les Fantômes du Souterrain	F. d'Argelles.
393.	Le Paquebot vengeur	F. d'Argelles.
394.	La Mort du Fauve	F. d'Argelles.
395.	Sauticot, gamin de Paris	Jacques Rinet.
396.	Une Poursuite mouvementée	Jacques Rinet.
397.	La Capture d'un bandit	Jacques Rinet.
398.	La bague à Secret	S. Freidy.
399.	La Main criminelle	S. Freidy.
400.	A travers la Jungle mystérieuse	S. Freidy.
401.	La Fiancée du Maharajah	S. Freidy.
402.	La Cachette introuvable	S. Freidy.
403.	Aventures d'un gentilhomme français chez les Gaulois	J. Bernard.
404.	Le Pardon d'un roi	J. Bernard.
405.	L'Héritage de B.-P. Selton	A. Romagny.
406.	Les Victimes du « Loup Blanc »	A. Romagny.
407.	Timor, le pirate	A. Romagny.
408.	Le Valet de chambre milliardaire.	A. Romagny.
409.	La Vengeance d'un forban	A. Romagny.
410.	L'Esclave du silence	Guy Tong.
411.	Prisonniers du Chancelier rouge	Guy Tong.
412.	Ruse d'espionne	Guy Tong.
413.	Le Plan de Lilian Malkiel	Guy Tong.
414.	L'Etrange pouvoir d'un fakir	Guy Tong.
415.	Le Triomphe de l'homme sans nom.	Guy Tong.
416.	Le Sire de Kergorec	José Moselli.
417.	Yves le Corsaire	José Moselli.
418.	Les Fourberies de Scafati	José Moselli.
419.	Le Roi des Incas	José Moselli.
420.	Le Savant Doublezède	José Moselli.
421.	Les Naufragés du Haï-Nan	P. Adam.
422.	La Trouvaille fatale	P. Adam.
423.	Les Revenants du Lac Khanka	P. Adam
424.	Le Trésor du Comte Doudisky	P. Adam
425.	L'Homme à la Carabine	J. Moselli.
426.	Assiégés par les Convicts	J. Moselli.

Tous ces volumes sont expédiés *franco* à domicile sur demande accompagnée d'un mandat et adressée à l'Administration, 3, rue de Rocroy, Paris (Xe). Ajoutez au prix de chaque volume **15** centimes pour le port.

www.ingramcontent.com/pod-product-compliance
Ingram Content Group UK Ltd.
Pitfield, Milton Keynes, MK11 3LW, UK
UKHW021515260726
13993UKWH00004B/1673

9 782329 195087